پہلی لڑکی

(افسانے)

عصمت چغتائی

© Ismat Chughtai

Pahli Ladki *(Short Stories)*
by: Ismat Chughtai
Edition: February '2025
Publisher :
Taemeer Publications LLC (Michigan, USA / Hyderabad, India)

ISBN 978-93-6908-332-9

مصنفہ یا ناشر کی پیشگی اجازت کے بغیر اس کتاب کا کوئی بھی حصہ کسی بھی شکل میں بشمول ویب سائٹ پر اَپ لوڈنگ کے لیے استعمال نہ کیا جائے۔ نیز اس کتاب پر کسی بھی قسم کے تنازع کو نمٹانے کا اختیار صرف حیدرآباد (تلنگانہ) کی عدلیہ کو ہو گا۔

© عصمت چغتائی

کتاب	:	**پہلی لڑکی** (افسانے)
مصنفہ	:	**عصمت چغتائی**
صنف	:	فکشن
ناشر	:	تعمیر پبلی کیشنز (حیدرآباد، انڈیا)
سالِ اشاعت	:	۲۰۲۵ء
صفحات	:	۱۰۸
سرورق ڈیزائن	:	تعمیر ویب ڈیزائن

فہرست

(۱)	کنواری	6
(۲)	جوانی	27
(۳)	بچھو پھوپی	36
(۴)	ساس	49
(۵)	بھابی	59
(۶)	مٹھی مالش	78
(۷)	پہلی لڑکی	93

کنواری

اس کی سانس پھولی ہوئی تھی۔ لفٹ خراب ہونے کی وجہ سے وہ اتنی بہت سی سیڑھیاں ایک ہی سانس میں چڑھ آئی تھی۔ آتے ہی وہ بے سدھ پلنگ پر گر پڑی اور ہاتھ کے اشارے سے مجھے خاموش رہنے کو کہا۔

میں خود خاموش رہنے کے موڈ میں تھی۔ مگر اس کی حالتِ بد دیکھ کر مجھے پریشان ہونا پڑا۔ اس کا رنگ بے حد میلا اور زرد ہو رہا تھا۔ کھلی کھلی بے نور آنکھوں کے گرد سیاہ حلقے اور بھی گہرے ہو گئے تھے۔ منہ پر میک آپ نہ تھا۔ خاص طور پر لپ اسٹک نہ ہونے کی وجہ سے وہ بیمار اور بوڑھی لگ رہی تھی۔ مجھے معلوم ہو گیا کہ میرے بتائے ڈاکٹر کا علاج تسلی بخش ثابت ہوا۔ اس کا پیٹ اندر کو دھنسا ہوا تھا اور سینہ سپاٹ ہو گیا تھا۔ مجھے معلوم ہوا کہ اس قتل کی میں بھی کچھ ذمہ دار ہوں۔ مگر میں ڈاکٹر کا پتا نہ بتاتی تو کوئی اور بتا دیتا۔ بن بلائے مہمان کو ایک دن نکالا تو ملنا ہی تھا۔

"ایک مشورہ لینے آئی ہوں۔۔۔" سانس قابو میں آتے ہیں اس نے کہا۔

"جمعہ جمعہ آٹھ دن بیتے نہیں اور مردار کو پھر مشوروں کی ضرورت آن پڑی،" میں نے چڑ کر سوچا، مگر نہایت خندہ پیشانی سے کہا، "لو، ضرور لو۔ آج کل بہت مشورے میرے دماغ میں بجبجا رہے ہیں۔"

"آپا، میں شادی کرلوں،" اس نے بڑی لجاجت سے پوچھا۔ گویا اگر میں نے اجازت نہ دی تو وہ کنواری ارمان بھری مر جائے گی۔

"مگر تمہارا شوہر؟"

"موت آئے حرامی پلے کو۔ اسے کیا خبر ہو گی۔"

"یہ بھی ٹھیک کہتی ہو۔ بھلا تمہارے شوہر کو تمہاری شادی کی کیا خبر ہو گی،" میں نے سوچا۔ "مگر تمہاری شادی کے چرچے اخباروں میں ہوں گے۔ آخر اتنی بڑی فلم اسٹار ہو۔"

"فلم اسٹار کی دُم میں ٹھینگا۔" اللہ گواہ ہے مجھے نہیں معلوم کہ یہ گالی ہوئی کہ نہیں۔ مدن ایک سانس میں تین گالیاں بکنے کی عادی ہے، مجھے تو اس کی زبان سے نکلا ہوا ہر لفظ گالی جیسا سنائی دیتا ہے۔ مگر یہ حقیقت ہے کہ سوائے چند عام فہم گالیوں کے یہ کل کاریاں میرے پلے نہیں پڑتیں۔

"بھئی ایک بات میری سمجھ میں بالکل نہیں آتی،" میں نے بات کی لگام ایک دم دوسری سڑک پر موڑ دی۔ "تم شادی شدہ ہو تو تمہارا بچہ حرامی کیسے ہوا؟"

"اوہ، آپا۔ اللہ کا واسطہ، کبھی تو سمجھا کرو۔ کمبخت شادی تو شبو دو سال کا تھا تب ہوئی تھی۔"

"شبو کے باپ ہی سے نا،" میں نے سہم کر پوچھا۔

"اونہوں، تمہیں یاد تو کچھ رہتا نہیں۔ بتایا تو تھا۔۔۔ وہ کمبخت۔۔۔"

"اچھا۔۔۔ یاد آگیا۔۔۔ وہ تمہیں گرہستی کا شوق چرّایا تھا،" میں نے اپنی کند ذہنی پر شرمندہ ہو کر کہا۔

"بھوسا چڑّایا تھا۔ ماں کے خصم نے دھندا کرانا شروع کر دیا۔" ماں کا خصم رشتہ میں کیا ہوا؟

"اونہہ، چھوڑو اس نامراد شادی کا تذکرہ۔ نئی شادی کا ذکر کرو۔ اللہ رکھے کب کر رہی ہو۔ کون ہے وہ خوش نصیب؟"

"سندر!" اور وہ قہقہہ مار کر قالین پر لوٹ گئی۔

ایک ہی سانس میں اس نے سب کچھ بتا ڈالا۔ کب عشق ہوا۔ کیسے ہوا۔ اب کن مدارج سے گزر رہا ہے۔ سندر اس کا کس بری طرح دیوانہ ہو چکا ہے۔ کسی فلم میں کسی دوسرے ہیرو کے ساتھ لو سین (Love Scene) نہیں کرنے دیتا اور وہ خود بھی اسے کسی دوسری ہیروئن کے ساتھ رنگ رلیاں نہیں منانے دیتی۔

"آپا، یہ فلم والیاں بڑی چھنال ہوتی ہیں۔ ہر ایک سے لنگر لڑانے لگتی ہیں،" اس نے ایسے بھولپن سے کہا جیسے وہ خود بڑی پارسا ہے۔ "آپا، کوئی چٹ پٹی سی کہانی لکھو۔ ہم دونوں اس میں مفت کام کریں گے۔ مزا آجائے گا،" اس نے چٹخارا لیا۔

"سنسر سب کاٹ دے گا۔"

"سنسر کی۔۔۔" اس نے موٹی سی گالی سنسر کی قینچی پر داغی۔ "شادی کے بعد کام تھوڑی کروں گی۔ سندر کہتا ہے اپنی دلہن کو کام نہیں کراؤں گا۔ چمبور میں بنگلہ لے لیں گے،" خوابوں کے جھولے میں پینگ لیتے ہوئے کہا اور ایک دفعہ تو مجھے بھی یقین ہو گیا کہ اس کی دنیا بس جائے گی۔ چمبور بنگلے میں وہ بیگم بنی بیٹھی ہوگی۔ بچے اسے چاروں طرف سے گھیرے ہوں گے۔

"اماں کھانا۔ اماں کھانا،" وہ چلائیں گے۔

"اے ہے ذرا صبر کرو۔۔ آلو تو گل جانے دو،" وہ کفگیر سے انھیں مارے گی۔ تب بچوں کا باپ مسکرائے گا، "بیگم کیوں مارتی ہو۔ ابھی بچے ہیں۔"

"بس ایک لونڈا ہو جائے پھر سالے کو شادی کرنی پڑے گی۔"

"تو کیا ابھی شادی نہیں ہوئی؟" خوابوں کی بستی سے لوٹ کر میں نے پوچھا۔ میرا دل بیٹھ گیا۔ جیسے میری اپنی کنواری کی بارات دروازے سے لوٹ گئی۔

"نہیں آپا۔ حرامزادہ ہے بڑا چالاک۔ نہ جانے کیا کرتا ہے۔" وہ دیر تک سندر کو پھانسنے کی ترکیبیں پوچھتی رہی۔ نہ جانے کیوں یہ بات اس کے دل میں بیٹھ گئی تھی کہ اگر بچہ ہو گیا تو سندر کے پیر میں بیڑیاں پڑ جائیں گی۔

"اور پھر بھی اس نے شادی نہ کی تو؟"

"کرے گا کیسے نہیں، اس کا تو باپ بھی کرے گا۔"

"خیر، باپ کا ذکر فضول ہے، وہ مر بھی چکا۔"

"حرامزادے کی چھاتی پر چڑھ کر خون نہ پی جاؤں گی۔"

"شبو کے باپ کی چھاتی پر چڑھ کر کے کیوں نہ خون پی گئیں؟"

"جب میری عمر ہی کیا تھی۔ الٹی چور سی بن کے بیٹھ گئی۔ بس تم کوئی ایسی ترکیب بتاؤ کہ سالے کی ایک نہ چلے اور۔۔" جو ترکیبیں وہ مجھ سے پوچھ رہی تھی ان سے مجھے وحشت ہو رہی تھی۔

مدن کئی بار سندر کو لے کر میرے ہاں آئی۔ سندر اپنے نام کی طرح حسین اور نو عمر تھا، مدن سے کسی طرح بڑا نہ معلوم ہوتا تھا۔ نیا نیا کالج سے آیا تو بھو کے بنگالی کی طرح چوکھے عشق لڑانے شروع کر دیے۔ اسی چھین جھپٹ میں مدن اسے اڑا لائی۔

اچھے گھرانے کا قہقہہ باز اور باتونی لڑکا پہلی ہی دفعہ گھر میں ایسا بے تکلف ہو گیا جیسے برسوں سے آتا جاتا ہے۔

اسے دیکھ کر یہ اندازہ لگانا مشکل نہ تھا کہ کیوں مدن اسے دل سے بیٹھی۔ اس کی صحبت میں ایک لمحہ بھی اداس نہیں گزرتا تھا۔ مدن جیسی پٹ پٹائی، غم نصیب لڑکی کے لیے ذرا سی نرمی بھی چھلکا دینے کو کافی تھی۔ وہ سندر کے ہر حملے پر بے تحاشہ قہقہے لگاتی۔ وہ بات پر نہیں، اس کے چہرے کے اتار چڑھاؤ پر، لبوں کی جنبش پر مسحور ہو کر کھکھلا پڑتی۔ مسرت کی اچھلتی کودتی موجیں اسے جھکول ڈالتیں۔ سندر کے لب ہلتے اور وہ قہقہہ مارتی، پانی پیتی ہوتی تو اُچھّو لگ جاتا، کھانا کھاتی ہوتی تو منہ کا نوالہ سامنے بیٹھنے والے کے اوپر چھڑک دیتی۔

وہ دونوں نہ جانے اپنا گھر چھوڑ کر میرے ہی ہاں کلیلیں کرنے کیوں آتے تھے، بچوں جیسی شرارتیں کرتے، قلابازیاں کرتے، کبھی روٹھتے، کبھی منتے۔ انھیں دیکھ کر مجھے بکری کے دو کھلنڈرے بچے یاد آجاتے تو پرائے کھیت میں پھدکنے آجاتے ہیں۔ کیا دندناتا ہوا عشق تھا دونوں کا! بے پروں کے ہوا میں اڑے جاتے تھے۔

جنگلی ہرنیوں جیسے چوکڑیاں بھرتے ہوئے پیار نے مدن کی کایا پلٹ کر دی۔ وہ ایک دم بے حد حسین اور جاذبِ نظر بن گئی۔ جلد کے نیچے دیے روشن ہو گئے۔ سوئی ہوئی آنکھیں جاگ اٹھیں، ہزاروں جادو سرگوشیاں کرنے لگے۔ سپاٹ سینہ کھل اٹھا۔ کولہے لہرانے لگے۔ سندر سے کشتیاں لڑ لڑ کر وہ پھرتیلی بن گئی۔

سندر کی اور مدن کی جوڑی بن گئی، جن فلموں میں وہ سندر کے ساتھ نہ

تھی، انھیں ڈفرانا شرع کر دیا۔ سیٹ سے بڑے معرکے کے سین میک اَپ روم میں ہونے لگے۔ وہ فلمیں جو آدھی ہو گئی تھیں، چیتھڑا ہو گئیں، مدن نے پہلی بار کسی نوجوان کو دل دیا تھا۔ سب کچھ بھول کر وہ اسی میں ڈوب گئی۔

سندر اس کے بڑے لاڈ سہتا۔ اس کے چھچھور پر ہنستا۔ اس کے اجڑے ہوئے گھر میں جان ڈال دیتا۔ نانی کو اماں اماں کہہ کر مسکا لگاتا۔ خالہ سے بیٹھ کر غپیں مارتا۔ بھائی کو وھسکی پلاتا۔ بچوں کے ساتھ دھما چوکڑی مچاتا۔ اسے مدن کے جسم سے مطلب تھا۔ اس کی آمدنی اسی طرح منہ بولے رشتہ داروں کے تنور میں جھونکی جاتی تھی۔ شبو کو وہ بہت پیار کرتا۔۔۔ مدن نے اس بدنصیب بچہ کا حال اسے سنا دیا تھا۔ وہ اسے بیٹا کہہ کر گود میں بٹھا کر گھنٹوں پیار کی باتیں کیا کرتا۔

"آپا، شبو نگوڑے کو بیٹا کہتا ہے۔ بس تم ہی سمجھ لو کیا بات ہے،" وہ جھوم کر کہتی اور میرے کانوں میں مدن کی بارات کے ڈھول گونجنے لگتے۔ دیکھنے میں سندر کیسا اوبالی سا تھا۔ مگر بچوں کے معاملہ میں اس کا رویہ حیرت انگیز تھا۔ آتے ہی بچے اسے مکھیوں کی طرح گھیر لیتے۔ اس کی جیبیں کیا تھیں، عمر عیار کی زنبیل تھیں، رنگین پنسلیں، پٹاخوں کی ڈبیاں، کاغذ پر اتارنے کی تصویریں، چاکلیٹ، میٹھی گولیاں، نہ جانے کیا الا بلا نکال کر بانٹنے لگتا۔ ایک دن بچی نے میری سینٹ کی شیشی توڑ دی۔ میں نے اسے مارنا چاہا تو میرے ہاتھوں سے اسے جھپٹ کر لے گیا۔

"آپ ماریں گی تو اسے اپنے گھر لے جاؤں گا۔" وہ اسے کندھے پر بٹھا کر بولا۔

"اس نے میری شیشی توڑی ہے۔ ضرور ماروں گی۔"

"ہاتھ توڑ دیے جائیں گے مارنے والوں کے۔ یہ لیجیے اپنی شیشی،" اس نے

جیب سے نئی منہ بند ویسی ہی شیشی نکال دی۔ "مگر انھیں پوری شیشی نہیں دیں گے۔ آدھی تھی تو آدھی ملے گی،" اس نے شیشی کھول کر خوب بچوں کے بساندے کپڑوں اور میلی ہتھیلیوں پر چھڑکی۔ آدھی رہ گئی تو میرے سامنے ڈال دی۔ جب وہ بچوں کو بٹور کر دوسرے کمرے میں چلا گیا تو مدن نے رو کر میرے شانے پر سر ڈال دیا۔

"آپا، ایسے اوٹ پٹانگ آدمی کے ساتھ کوئی پیار کیسے نہ کرے؟"

اور پھر مدن کی زندگی نے ایک نیا جھٹکا کھایا۔ سندر کے گھر سے تار آیا کہ ماں سخت بیمار ہے، فوراً آجاؤ۔ مدن ساتھ جانے کے لیے مچل گئی۔ اس نے اپنے ترکش کے سارے تیر استعمال کر ڈالے۔ شام سے ہی اس کے لیے وھسکی کی بوتل لے کر پہنچی۔ اسے دُھت کر دیا۔ بڑے نازک لمحوں میں ساتھ لے جانے کی قسمیں دیں۔ مگر سندر ٹس سے مس نہ ہوا۔ وہ ساری رات جاگتی رہی۔ نہ سوئی، نہ سونے دیا۔ مگر صبح ہوتے ہی پرندہ ساری تتلیاں جھٹک کر اڑ گیا۔

ایروڈروم سے سیدھی میرے اوپر نازل ہوئیں۔ مجھے اس قسم کے مریل عاشقوں سے بڑی کوفت ہوتی ہے۔ مگر اسے یوں تباہ حال دیکھ کر میرا جی پسیج گیا۔ جیسے برسوں کی بیمار۔ ایک ہی رات میں آنکھوں کے گرد سیاہ حلقے۔ منہ پر پھٹکار۔ یہ اسے ہو کیا گیا ہے، میں دیر تک سوچتی رہی۔

میں کیوں اس کمبخت کے بارے میں سوچوں۔ دنیا میں کتنے بڑے بڑے مسئلے ہیں جن میں جی الجھا ہوا ہے۔ پھر آخر میں اس کا خیال کیوں کرتی ہوں۔ میں یہ سب کچھ کیوں لکھ رہی ہوں۔ مدن اس لائق نہیں۔ مجھے اپنا جی ہلکا کرنے کے لیے ہی

سہی، اس بوجھ کو بانٹنا ہو گا۔

کتنے دن سے جب میں قلم اٹھاتی ہوں، مدن کا خیال مجھ سے آ کر کہتا ہے، "میں زندہ ہوں۔ میرے سینے میں دل دھڑک رہا ہے۔ میری رگوں میں خون دوڑ رہا ہے۔۔۔ رائے دو۔۔۔ مجھے بتاؤ، میں کیوں ہوں اور کب تک رہوں گی؟" اچھا ہے، میرا قلم ایک بار مدن کو اگل دے۔ پھر متلیاں آنی بند ہو جائیں گی۔

"آپا، ایک تار لکھو،" اس نے تھوڑی دیر سوکھی سوکھی آہیں بھر کر کہا۔

"کیسا تار؟"

"کم سون، ڈائنگ۔۔۔ یعنی جلدی آؤ، مر رہی ہوں۔"

"مگر ابھی تو وہ پہنچا بھی نہ ہو گا،" میں نے ٹالنا چاہا۔ پھر جان کو آ گئی تو لکھ دیا۔ ڈائنگ نہ لکھا۔

شام کو ہانپتی کانپتی آئی، بڑی شرماتی ہوئی تکیے میں منہ چھپا کر ہنسنے لگی۔ میں نے کہا، "خیریت؟"

"تار لکھ دو۔"

"صبح تو لکھا تھا۔"

"صبح مجھ نصیبوں جلی کو کہاں معلوم تھا،" وہ پھر شرمائیں۔ "ابکائیاں آ رہی ہیں آپا لیموں منگوا دو۔"

"اوہو۔۔۔ یہ بات ہے! مبارک ہو۔" میرے سر سے بوجھ سا اتر گیا یہ بس پھٹکی کامیاب رہی۔ "ڈاکٹر کے پاس گئیں؟"

"وہیں سے تو آ رہی ہوں۔ ڈاکٹر حرامی پِلا کیا جانے۔ کہتا ہے دو دن چڑھ جانے

سے کچھ نہیں ہوتا۔۔۔ کچھ نہیں ہوتا کا بچہ۔۔۔ آپا! کپڑے وغیرہ تو سلوا دو گی۔۔۔ ہنک، ہنک۔ بھئی ہم سے تو نہیں پلے گا۔ تم پال دو گی؟" وہ ٹھنکنے لگی۔ میں نے حامی بھر لی۔

"تو پھر تار لکھونا۔"

"کیا لکھوں؟"

"لکھو۔۔۔ سن بورن۔ کم سون۔"

"گدھی ہو تم۔ ابھی کہاں سے سن بورن؟"

"اچھا تو سن بورن ہونے والا لکھ دو۔"

"چلو سٹرن۔ اس کے آنے کا انتظار کرو۔ اور کیا معلوم۔ شاید لڑکی ہو۔"

"واہ، لڑکی چھنال کاہے کو ہو گی۔ میری طرح سڑنے کو۔ میرا جی کہتا ہے لڑکا ہی ہو گا،" پھر تھوڑی دیر سوچ کر ایک دم بولیں۔

"مر جائے اللہ کرے۔"

"کون؟" میں نے چونک کر پوچھا۔

"سُندر کی ماں، الو کی پٹھی۔ بیمار ویمار کچھ نہیں۔ سسری نے اپنے یار کو بلانے کے لیے ڈھونگ رچایا ہے،" اس نے نہایت پر مغز قسم کی پھولدار گالیاں ٹکائیں۔

"احمق ہو تم، کیسے معلوم؟"

"ارے میں خوب جانتی ہوں ان میت پیٹوں کو۔" جب سے مدن کی زندگی میں سندر آیا تھا اس نے گالیاں بکنا بند کر دی تھیں۔ سندر کے پیار نے رستے زخموں پر پھائے رکھ کر غلاظت کا منہ بندھ کر دیا تھا۔ اس کی آنکھ اوجھل ہوتے ہی کچے

زخموں کے منہ کھل گئے۔ پیپ بہنے لگی۔ اس کے منہ سے پرھ وہی گالیاں سن کر میرا جی بیٹھ گیا۔ مارے غصے کے رن پٹاخوں کی لڑی بن گئی۔

"اس کا تعلق ہے۔"

"کس کا؟"

"اس کی اماں بہنیا کا۔ سچی آپا، بہت سی عورتیں ایسی ہوتی ہیں بچپن ہی۔۔۔"

"لعنت ہو تمہاری زبان پر۔"

"اللہ قسم آپا۔۔۔ ہمارے پڑوس میں ایک بیوی رہتی تھیں۔ اپنے سگے بھائی سے۔۔۔"

"میں نے اسے روک دیا۔ "للہ تفصیلوں میں نہ جاؤ۔ میرا قلم پیٹ کا بڑا ہلکا ہے۔ کل کلاں کو منہ سے بات نکال بیٹھا تو لوگ مجھے الاہنا دیں گے۔"

دوسرے دن ماتم کناں پھر ٹوٹ پڑیں۔ کل جیسے ڈاکٹر کا کہنا ہی ٹھیک نکلا۔ دن چڑھ گئے تھے، سو اتر گئے۔ ساتھ ساتھ مدن کی کمان بھی اتر گئی۔ ایسی بلک بلک کر روئیں جیسے جوان بیٹا جا تا رہا ہو۔ یہ عورت ہے یا لطیفہ۔ کل جس بلا کے خوف سے بوکھلائی پھر رہی تھی۔ آج اس کی بلا کی آرزو میں جان دیے دیتی ہیں۔ لگیں مجھ سے ترکیبیں پوچھنے۔ بھلا میرے پاس کوئی جادو کی چھڑی ہے جو چوہے کو گھوڑا بنادوں۔ ڈاکٹر نے کچھ اشارہ تو کیا تھا کہ آئندہ ایسی مصیبت سے پالا نہیں پڑے گا۔ میں اسے باوجود کوشش کے نہ بتا سکی کہ سندر کو پھانسنے والی چال کے پیر مفلوج ہو چکے ہیں۔

صبح، شام مدن نے تاروں کی ڈاک بٹھادی۔ کام پر اس نے لات ماردی۔ ایک

پروڈیوسر نے کورٹ میں لے جانے کی دھمکی دی تو وہ ناک پر ڈھیر سا مرہم تھوپ کر پڑ گئی۔ میں بھی مرہم کی مقدار دیکھ کر ہل گئی۔۔۔ گئی ناک، میں نے سوچا۔ مگر جب پروڈیوسر چلا گیا تو مزے سے ناک پونچھ کر ہنسنے لگی۔

"مگر مجھے بے وقوف کیوں بنایا تم نے؟" میں نے چڑ کر کہا اور چلی آئی۔

اخباروں میں اسقاط کی خبریں چھپنے لگیں۔ مدن نے ذرا شرما کر تصدیق کر دی، میں نے پوچھا، "یہ کیوں؟"

"سور کو پتہ چلے گا تو بہت کڑھے گا۔ میں کہہ دوں گی، میں سمجھی تم چھوڑ کر چلے گئے۔ بدنامی کے ڈر سے گولیاں کھالیں۔ مرد بچہ ہے کچھ تو دل کو ٹھیس لگے گی۔"

ایک دن حواس باختہ روتی ہوئی آئی۔

"تم نے مجھے نہیں جانے دیا۔ یہ دیکھو،" وہ اخبار جس میں سندر کی منگنی کی خبر تھی، دکھا کر لڑنے لگی۔

"چہ خوش، میں نے کب منع کیا،" میں نے جل کر کہا۔ "جاؤ میری بلا سے جہنم میں۔" اور وہ شام کے ہوائی جہاز سے جہنم کی طرف اڑ گئیں۔

گیارہ بجے رات کو جب وہ سندر کے گھر پہنچیں تو گھر میں سوائے بوڑھے دادا اور توتے کے کوئی نہ تھا۔ سب کے سب سندر کی کوئی فلم دیکھنے گئے تھے۔ سندر کے دادا فلم لائن کے ویسے ہی خلاف تھے۔ انہیں معلوم تھا کہ ان فلم والوں کے چال چلن کچھ یوں ہی ورق سے ہوتے ہیں، پھونک ماری اور غائب۔ آنکھیں پھاڑ کر وہ مدن کو گھورنے لگے۔ مدن بمبئی سے گرم کپڑے بھی لے کر نہیں گئی تھی۔ بھوک الگ لگ

رہی تھی۔

بارہ بجے کے بعد سندر بہن بھائیوں کی ٹولی میں ہنستا قہقہے لگاتا آیا تو مدن روپڑی۔ کیا وہ بھی کبھی یوں خاندان میں گھل مل کر ان کی اپنی بن سکے گی۔ اس کے بھی دیور جیٹھ ہوں گے، نندیں اور دیورانیاں ہوں گی۔

"بہو، لڑکا رو رہا ہے، بھوکا ہے،" ساس کہے گی۔ اس نے پکا ارادہ کرلیا۔ وہ اپنی ساس سے کبھی نہیں لڑے گی۔ نندوں کی خوب خاطر کرے گی۔ دادا کا حقہ بھرے گی، اور توتے کو بھیگے چنے کھلائے گی۔ سندر کو دیکھ کر اس کا جی چاہا کہ دوڑ کر اسکے چوڑے چکلے سینے سے لپٹ جائے اور اسے مٹھیوں سے کوٹ ڈالے۔ اس کے بھورے گھنے بالوں میں انگلیاں ڈال کو نوچ ڈالے۔ مگر ساس نندوں کی شرم نے اس کے پیر تھام لیے۔

اسے دیکھ کر سندر کے حلق میں قہقہہ لوہے کا گولا بن کر اٹک گیا۔ ماں بہنوں کے سامنے اپنی داشتہ کے وجود سے شرم کے مارے پانی پانی ہوگیا۔ مصنوعی خوش مزاجی سے بولا، "ارے آپ!"

"آپ کے بچے!" مدن نے دانت پیسے۔ مگر سندر کی گھبراہٹ پر ترس کھا گئی۔ "جوہری سے کچھ زیور بنوائے تھے۔ چاندنی کندن کا کام دلی جیسا بمبئی میں نہیں ہوتا۔ سوچا دلی کی سیر بھی ہو جائے گی اور زیور بھی دیکھ لوں گی۔" سندر، مدن کی اعلیٰ ایکٹنگ کا قائل تھا۔ آج تو لو ہامان گیا۔

جب اس کو سندر کی بہنوں کے کمرے میں سلایا گیا تو وہ بہ مشکل گالیوں کی زنجیر کو نگل سکی جو اس کے حلق میں الجھنے لگی۔ خیر جب سب سو جائیں گے تو سند

راس کے پاس آئے گا۔۔۔ سب سو گئے اور وہ سندر کے پیروں کی چاپ کے انتظار میں پڑی رہی۔ اس کا جسم سندر میں جذب ہونے کے لیے ترس رہا تھا۔ راستے بھر کیسے کیسے خوابوں کے جال بنتی آئی تھی۔ سندر سو رہا ہو گا۔ وہ چپکے سے پہلو میں رینگ جائے گی۔ اسے محسوس کر کے سندر جھوم اٹھے گا۔ پہلے وہ خوب ترسائے گی، خوب روٹھے گی۔ پھر دونوں مان جائیں گے۔ ساری کسک، ساری دوری مٹ جائے گی۔ سارے راستے وہ اسی حادثہ کو دل میں دہرا ذکر ذ چٹخارے لیتی آئی تھی۔ اسی لیے تو وہ اپنی جھاگ سی نائٹی لیتی آئی تھی جو ہاتھ کے لمس سے دھویں کی طرح پگھل کر غائب ہو جاتی تھی۔

مدن سندر کے پیروں کی چاپ سننے کے لیے بے قرار ہمہ تن گوش بن گئی۔ دبے پیروں سے وہ پلنگ سے اٹھا ہو گا، اس نے منظر نامہ تعمیر کرنا شروع کر دیا۔ اس کی طرف کھنچا چلا آرہا ہو گا۔ ایک، دو، تین، چار، پانچ، اس نے اندازے سے وہ سارے قدم گن ڈالے، جو اس کے اور سندر کے درمیان حائل تھے۔ گنتے گنتے وہ تھک گئی۔ اگر وہ ہزار میل پر ہوتا تو بھی اب تک پہنچ چکا ہوتا۔ وہ روہانسی ہو گئی۔ احساس کے تناؤ سے کنپٹیاں بھیگے چمڑے کی طرح کرنے لگیں۔ شاید سندر کے بھائی جاگ رہے ہوں گے اور وہ ان کی موت کی دعائیں مانگنے لگی۔

سندر کی گلگوتھا سی بھولی بھالی بہنیں کیا میٹھی نیند سو رہی تھیں۔ ان کے خواب کتنے سہانے تھے۔ ان کے دلوں میں کسی بے وفا کے پیار کے زخم نہیں پڑے تھے۔ اسے غصہ آنے لگا۔ اے کاش، کوئی ان کا جہان بھی لوٹ لے، ان کے پیٹوں میں سانپ چھوڑ دے کہ یہ بھی گھور اندھیارے میں کسی کے پیروں کے نشان ٹٹولتے

پھریں۔ پھر سندر کو آٹے دال کا بھاؤ معلوم ہو۔

آخر کس جرم کی سزا میں اس کا بچپن اتنا ویران اور جوانی زخم زخم ہو کر رہ گئی تھی۔ اس سے زیادہ نہ ضبط ہو سکا۔ اور وہ سندر کے کمرے کی طرف چلنے لگی۔ جہاں وہ اپنے بھائیوں کے ساتھ سو رہا تھا۔

وہ جیسے ہی باہر نکلی۔ توتا اجنبی صورت دیکھ کر آنکھوں کے لٹو گھمانے لگا۔

"کون؟" دادا نے ہانک لگائی۔ وہ چوروں کی طرح کھمبے کے پیچھے دبک گئی۔ دادا اٹھے اور چبوترے پر کھڑے آدھ گھنٹے تک رفعِ حاجت کرتے رہے۔ "مر گیا بڈھا شاید، کہ ہلتا ہی نہیں۔" وہ سائے سائے پھر چلی، ایک پیڑھی سے پیر الجھا اور دھڑام سے گری۔ گھر میں جگار ہو گئی اور وہ پھر اپنے پلنگ پر جاکر دبک گئی۔

صبح موقع پاتے ہی اس نے سندر سے کہا، "سیدھی طرح بمبئی چلو بیٹا، ورنہ خون خرابے ہو جائیں گے۔"

"تم نے تار تو دیا ہوتا۔ کسی ہوٹل میں انتظام کرا دیتا۔"

"کیوں۔ کیا جاگیر میں ٹوٹا آیا جا رہا ہے۔۔۔؟ مرے کیوں جاتے ہو، کھانے کے پیسے لے لینا۔

"داموں کی بات نہیں مری جان! میرے گھر والے بڑے نیرو مائنڈڈ ہیں فلم والوں کو پسند نہیں کرتے۔"

"تم بھی تو فلم والے ہو۔"

"میری اور بات ہے۔ تم شام کی گاڑی سے چلو، پرسوں میرے بہنوئی آ رہے ہیں۔ ان سے مل کر۔۔۔"

"تو میں بھی نہیں جاؤں گی۔" بڑی جھک جھک کے بعد یہ طے ہوا۔ مدن بظاہر بمبئی کے لیے روانہ ہو جائے۔ ایک اسٹیشن بعد نئی دہلی اتر کر کسی ہوٹل میں ٹھہر جائے۔ سندر وہیں آجائے گا۔ بڑی دھوم دھام سے سارا گھر مدن کو اسٹیشن پہنچانے گیا۔ وہ ایک دم فلم اسٹار بن گئی، چھوٹے بھائیوں نے تو ہار بھی پہنائے۔

نئی دہلی اتر کر وہ ہوٹل میں ٹھہر گئی۔

دو پیاسے انسان ایک دوسرے میں غرق ہو گئے۔ مدن کے سارے دکھ دور ہو گئے، وہ انتظار کی گھڑیاں، وہ لامتناہی فاصلہ سب سندر کے پیار نے پاٹ دیا مگر باوجود خوشامد کے سندر رات گزارنے پر راضی نہ ہوا۔۔ "میری ماں میرے بغیر رات بھر بنا کھائے بیٹھی رہے گی۔"

"تمہاری اماں کی۔۔۔" وہ موٹی سی گالی چبا گئی۔ سندر کی جان کو آگئی اس کے کپڑے چھپا دیے اس کے جوتے گود میں دبا کر بیٹھ گئی۔ دس مرتبہ دروازے سے بارہا خدا حافظ کہنے کو بلایا۔ مگر جانے والے کو نہ روک سکی۔ وہ اسے سونے اجنبی بستر پر سسکیاں بھرتا چھوڑ کر چلا گیا۔

دوسرے دن سندر حسبِ وعدہ آگیا۔ مدن نے پورا بکس بیئر کی بوتلوں کا برف میں لگا کے رکھا تھا۔ آتش دان میں دھیمی دھیمی آنچ اٹھ رہی تھی۔ مدن کی نائٹی پگھل رہی تھی۔ سندر بیئر پیتا رہا۔ اور وہ اس کی آغوش میں بکھرتی رہی۔ کاش کوئی وقت کی لگامیں پکڑ کے روک دیتا۔ یہ لمحے یوں ہی فضا میں معلق ہو جائے وہ اسی طرح سندر میں تحلیل ہو جاتی، دوری کا سوال مٹ جاتا۔ وہ پیتے رہے۔ سوتے رہے۔ پھر جاگ اٹھے اور پھر سو گئے۔

شام کو دونوں ننھے بچوں کی طرح ٹب میں چھلیں کرتے رہے۔ باہر کی دنیا ان کے لیے ختم ہو چکی تھی۔ گیلے بدن آتش دان کے پاس دوزانو ہو کر انھوں نے اپنی دنیا پالی تھی۔

دن بھر کی بیئر کا نشہ پھیکا پڑنے سے پہلے وھسکی کا رنگ چڑھنے لگا۔ مدن کسی نہ کسی بہانے سندر کو لگائے رکھنا چاہتی تھی۔ اگر اس کا بس چلتا تو وہ اس کی ممی بنا کر تکیہ پر سلا دیتی۔ اور پھر اس کے منہ پر منہ رکھ کر ابدی نیند سو جاتی۔ بس نہ تھا جو اسے ساری دنیا سے چھین کر اپنے دل کے کسی کونے میں قید کر دے اور ایسا زبردست تالا ڈالے کہ سر پٹکے، نہ کھلے۔

مگر بیئر نہ وھسکی، سندر کے جاتے قدم ڈگمگا نہ سکے۔ مدن پر بھوت سوار ہو گیا۔ سندر نے حسبِ معمول اس کی ٹھکائی شروع کی۔ اتنی زور سے اس کی پسلی میں لات ماری کہ آنکھیں نکل پڑیں۔ گھبرا کر اس نے پھر سے اسے بانہوں میں سمیٹ لیا۔ بس یہی ادا تو مدن کے من کو بھا گئی تھی، اسے یوں بکھیرنے اور سمیٹنے ہی میں لطف آنے لگتا تھا۔ اس چار چوٹ کی مار ہی میں لذت ملنے لگی تھی۔ مدن تو چاہتی ہی تھی کہ وہ اسے اتنا مارے، اتنا مارے کہ ہڈیاں چکنا چور ہو جائیں۔ تب وہ اسے چھوڑ کر نہ جا سکے گا۔

مگر خاندان والوں کی دہشت مدن کے پیار سے زیادہ مہیب ثابت ہوئی اور وہ چلا گیا۔ اور مدن صبح تک آہیں بھرتی رہی، تڑپتی رہی۔

کاش وہ لنگڑا، لولا اور اپاہج ہوتا، اس کے سب جاننے والے اسے بھول جائے اور وہ صرف اس کا ہو کر رہ جاتا۔ بمبئی میں سندر کو ایک مرتبہ بخار آیا تھا۔ دنیا کو لات

مار کر وہ اس کی پٹی سے لگ کر بیٹھ رہی۔ نہ اس کے گھر خبر کی۔ نہ ملنے جلنے والوں کو آنے دیا۔ بیٹھی جسم سے لگ کر سو رہی۔ خواب میں اس نے دیکھا گرم گرم سنہری آنچ میں وہ پگھلتی رہی ہے۔ اور وہ سندر کے جسم پر خول بن کر منڈھ گئی ہے۔ اس کے رشتہ دار کسی جتن سے بھی مدن کا پلستر نہ کھرچ سکیں گے۔ ڈاکٹر نے اسے ڈرایا کہ اگر وہ گھنٹے میں ہزار بار اسے ٹٹولے گی تو وہ اچھا نہ ہو سکے گا۔

خدا خدا کر کے رات بیتی اور دن ہوا۔ سندر کہہ گیا تھا کہ شاید وہ دیر سے آئے۔ لمحے پہاڑ ہو گئے۔ دیوانی بلی کی طرح وہ ہوٹل میں چکر کاٹتی رہی۔ پھر تانگہ لے کر شہر کی خاک چھان ڈالی۔ دو جوڑے لائی تھی جو چیکٹ ہو گئے تھے۔ اس کی اجاڑ صورت پر کسی کو فلم اسٹار ہونے کا گمان بھی نہ تھا۔ ایک سنیما ہال پر ٹھٹھ لگے ہوئے تھے۔ وہاں مدن کی ہٹ فلم چل رہی تھی۔ اس کا جی چاہا تانگے پر کھڑی ہو کر ڈوپٹہ ہوا میں لہرا کر وہی گیت گانے لگے جسے لوگ سننے کے لیے دس دس مرتبہ جاتے تھے۔ مگر اس نے ٹال دیا۔ گانے کی آواز تو لتا کی تھی۔ اس کی اپنی آواز تو رات بھر کی جگار سے پھٹا بانس ہو رہی تھی۔

کروڑوں کے دل کی ملکہ، خوابوں کی رانی کے بھرے شہر میں سنسان دل لیے تنہا وحشیوں کی طرح جب چکر کاٹتے کاٹتے پیر شل ہو گئے تو وہ کوئے جاناں کی طرف چل دی۔ مگر وہاں جا کر معلوم ہوا سارا خاندان امرتسر گیا ہوا ہے۔ منگنی کی خبر سچ ہی نکلی۔

سر جھاڑ جھنکاڑ، وہ سیدھی اسٹیشن سے میرے یہاں چڑھ دوڑی۔ نہ جانے کے دن سے نہ نہائی، نہ دانت مانجھے۔ اتنی بد صورت فلمی حور میں نے اس سے پہلے کبھی نہ

دیکھی تھی۔ میں نے مدن سے بہت کہا، "نہاڈالو۔ کچھ کھالو۔"

"اب تو اس سندر حرامزادے کی بھتی ہی کھاؤں گی۔ بتاؤ آپا، کیا کروں؟ اس کمینے نے مجھے خراب کیا اور اب بیاہ رچا رہا ہے۔"

"اب بنو مت۔ تم پہلے ہی سے خراب تھیں،" میں نے جل کر کہہ دیا۔

"آپا، تم بھی اب کہہ رہی ہو۔ تم تو بڑی روشن خیال ہو۔"

جی چاہا اسی کے لہجے میں کہہ دوں۔

"روشن خیال کی دم! بھلا اس سے زیادہ روشن خیالی اور کیا کر سکتی ہوں کہ تمہاری اس نامراد زندگی کا الزام تمہاری محرومیوں اور امٹ تنہائی کے سر تھوپ دوں؟ کیا میں تمہاری بیتی ہوئی زندگی کے قدم پلٹ کر نئی راہ پر ڈال سکتی ہوں؟ کیا یہ زبردستی حلق میں اتارا ہوا زہر جو تمہاری رگوں میں جذب ہو گیا ہے۔ نچوڑ کر نتھار سکتی ہوں کہ تم الگ اور زہر الگ؟ نہیں، یہ زہر تو اب گرفت سے باہر ہو چکا ہے۔"

"تم نہیں جانتیں آپا،" اس نے ٹھنڈی سانس بھر کر کہا۔ اور میں نے سوچا۔ بے شک میں نہیں جان سکتی۔ تم جانتی ہو کہ وہ زندگی انسان کو کیا بنا دیتی ہے۔ جہاں نہ ماں کا پیار، نہ باپ کی شفقت، نہ بھائیوں کے پیار بھرے گھونسے، نہ بہنوں کی میٹھی میٹھی چٹکیاں۔ تم ٹھوہڑ کا پودا ہو۔ نہ پھول نہ پھل۔

سندر سے ملنے کی ہر کوشش ناکام ثابت ہوئی۔ جن فلموں میں وہ کام کر رہے تھے وہ ایک دوسرے کی غیر موجودگی میں بننے لگیں۔

ایک دن نہ جانے کیسے سندر کے فلیٹ میں گھس گئی۔ وہ پچھلے دروازے سے نکل بھاگا۔ مارے غصے کے مدن دیوانی ہو گئی۔ اس نے پھاٹک پر اسے گریبان سے جا

پکڑا۔

"خون کردوں گی حرامزادے،" وہ غرائی۔ وہ بھیگی بلی بنا اس کے ساتھ کمرے میں چلا آیا۔

"کیا چاہتی ہو،" اس نے بجائے مارنے پیٹنے کے نرمی سے کہا۔ کاش وہ مارتا پیٹتا تو یہ غیریت کی دیوار ٹوٹ جاتی، وہ اسے مار کر سمیٹ تو لیتا۔ مگر نہیں، وہ مارنا بھی اپنی ہتک سمجھ رہا تھا۔

"مجھے نوکر سمجھ کر رکھ لو۔ تمھاری ماں کے پیر دھو کر پیوں گی۔ سندر، انھیں پلنگ پر بٹھا کر راج کراؤں گی۔ تمھارے نوکر کتنا پیسا چراتے ہیں۔ میں تمھاری نوکر بن کر رہوں گی۔"

"مگر۔۔۔" وہ ہکسایا۔ "سچی بات تو یہ ہے بھئی، میں شادی کے چکر میں نہیں پڑنا چاہتا۔" مگر مدن سمجھ گئی کہ اونچے گھرانے کا پوت ایک بیسوا سے بدتر عورت کو کیسے بیاہ سکتا ہے! وہ خود ہزار عورتوں کے ساتھ رہ کر بھی کنوارا ہے۔ اس کنواری سے بھی زیادہ پاک اور مقدس جس کا کنوارپن کسی حادثے کا شکار ہو گیا۔

مرد سدا کنوارا ہی رہتا ہے۔ سونے کے کٹورے کی طرح جس میں کوڑھی بھی پانی پی لے تو گندا نہیں ہوتا۔ اور مدن کچا سکورا تھی جو سائے سے بھی ناپاک ہو جاتا ہے۔

مدن کا خون کھول سا گیا۔ سارے زخم تازہ ہو کر چھل گئے۔ پہلے تو اس نے نہایت پھولدار قسم کی مغلظات سندر کے جنم جنم کو سنائیں۔ پھر سارے گھر کی چیزیں توڑ ڈالیں، تیل کی بوتل سے آئینے کے پرخچے اڑا دیے۔ الماری سے گلاس اور

برتن نکال کر چھنا چھن بجادیے۔ نئے سوٹ نکال کر بلیڈ سے دھجیاں اڑادیں، سوئٹر، مفلر موزے، بنیائن دانتوں سے کھسوٹ ڈالے، سارے شیشے ٹینس کے ریکٹ سے پھوڑ ڈالے۔ نئے قیمتی جوتوں کی قطار کی چاقو سے بوٹیاں اڑادیں، دیواروں سے فریم اتار کر جوتوں سے کوٹے۔ پھر سندر کی میلی قمیص میں منہ ڈال کر رونے لگی۔

سندر خاموش سب کچھ دیکھتا رہا۔ جب مدن نے منہ سے میلی قمیص ہٹائی تو وہ جاچکا تھا۔

مدن نے پھر میرے گھر پر چڑھائی کی۔ گھنٹوں مجھ سے سندر کو قتل کرنے کی ترکیبیں پوچھتی رہی۔ وہ اسے چٹ سے نہیں مارنا چاہتی تھی۔ رنجھا کر مارنا چاہتی تھی کہ ساری عمر سسکے اسی طرح۔

"نامرد کردوں سور کے بچے کو؟"

"مجھے ایسی کوئی ترکیب نہیں معلوم،" میں نے چڑ کر کہا۔

"اس کی آنکھوں میں تیزاب ڈال دوں۔ ساری عمر کو اندھا ہو جائے۔"

مگر نہ سندر نامرد ہوا نہ اندھا، مہینے بھر کے اندر وہ کومل سی بہو بیاہ لایا۔ اچھوتی، کنواری، جسے فرشتوں نے بھی ہاتھ نہ لگایا تھا، مہینوں دولہن دولہا کی فلم انڈسٹری میں دعوتیں ہوتی رہیں۔

اگر صدمے سے مدن خودکشی کرلیتی یا گھل گھل کر مرجاتی تو میری کہانی کا کتنے سلیقے سے خاتمہ ہوتا اور پھر میں لکھتے وقت ذلت محسوس نہ کرتی۔ مگر وہ پیندے میں سیسہ لگے ہوئے کھلونے کی طرح لوٹ پوٹ کر کھڑی ہوگئی۔ ایسی ہی ایک دعوت میں وہ ایک پستہ قد نئے لڑکے کے ساتھ وہی اپنے ازلی کھردرے قہقہے لگارہی تھی۔

وہ لطیفے چھوڑ رہا تھا۔ مدن کو اچھو لگ رہے تھے اور منہ کے نوالے وہ پاس کھڑے ہونے والوں پر چھڑک رہی تھی۔ سندر بھی اسی میز پر اپنی شرمیلی دولہن کو خستہ سموسے کھلا رہا تھا۔ مجھے دیکھتے ہی مدن نے میرے کان میں کھس پھسائی۔

"آپا کیا رائے ہے۔ شادی کرلوں؟"

"کس سے؟" میں نے اکتا کر پوچھا۔

"درشن سے، مرتا ہے حرامزادہ۔ کہتا ہے زہر کھالوں گا تمہارے لیے،" وہ نئی دلہن کی طرح شرمائی۔

"ضرور کرلو۔ نیک کام میں دیر کیسی؟"

اس بات کو کتنے سال گزر گئے۔ مگر اس وقت تک جب کہ میں یہ آخری سطریں لکھ رہی ہوں، مدن کنواری ہے، اس کے سہرے کی کلیاں منہ بند ہیں۔ چمبور میں بنگلہ لینے کا خواب شرمندۂ تعبیر نہیں ہوا۔ وہ خوبصورت سا بنگلہ جہاں مدن بیگم بیٹھی ہیں۔ بچے چاروں طرف سے گھیرے ہوئے ہیں۔

"اماں کھانا دو۔ اماں کھانا دو،" اور وہ انھیں کفگیر سے مار رہی ہے۔ بچوں کا باپ مسکرا رہا ہے۔

"مارتی کیوں ہو بیگم، بچے ہیں۔"

* * *

جوانی

جب لوہے کے چنے چب چکے تو خدا خدا کر کے جوانی بخار کی طرح چڑھنی شروع ہوئی۔ رگ رگ سے بہتی آگ کا دریا امنڈ پڑا۔ الھڑ چال، نشہ میں غرق، شباب میں مست۔ مگر اس کے ساتھ ساتھ کل پاجامے اتنے چھوٹے ہو گئے کہ بالشت بالشت بھر نیفہ ڈالنے پر بھی اٹنگے ہی رہے۔ خیر اس کا تو ایک بہترین علاج ہے کہ کندھے ذرا آگے ڈھلکا کر ذرا سا گھٹنوں میں جھول دے دیا جائے۔ ہاں ہاں ذرا چال کنگاروسے ملنے لگے گی۔

بال ہیں کہ قابو ہی میں نہیں۔ لٹیں پھسلی پڑتی ہیں۔ بال بہے جاتے اور مانگ؟ مانگ تو غائب! اگر ماں آٹھویں روز کڑوا تیل چھوڑ کر مینڈھیاں نہ باندھیں تو زندگی اجیرن ہو جائے۔ گو منھ لیے کنگوروں کے طباق کی طرح منڈا منڈا لگنے لگتا ہے۔ پر بالوں سے تو جان چھوٹ جاتی ہے۔ جیسے کسی نے سر گھوٹ کے بالوں کے وبال ہی سے نجات دلا دی۔ نہ جانے یہ میمیں پھولے پھولے بال گردن پر چھوڑ کے کیسے جیتی ہیں۔ اور پاؤں؟ پاؤں تو جیسے پھاوڑا۔ کیا جلدی جلدی بڑھ رہا ہے! اگر ایسی رفتار سے بڑھا تو سل برابر ہو جائے گا۔ انگوٹھا جیسے کچھوے کا سر!

اور بھی تھیں بہت سی باتیں جو اکیلے میں بیٹھ کر جنوّ کو ستاتیں۔ آئینہ میں ناک

دیکھ کے تو بس قے آنے لگتی۔ یہ ڈبل نگوڑا جیسے کھونٹا۔ شجّو کی شادی ہوئی تو یہ بڑی سی نتھنی پہنے تھی اس نے، کیا پیاری سی ناک ہے، گڑیا جیسی اور جنّو کے کھونٹے پر تو نتھنی بھی شرما جائے گی۔ جب اس کی شادی ہو گی تو؟

"بجلی گرے ایسی ناک پر۔" اس نے سوچا۔

اس پر شبراتی بھیا آئے تھے۔ کیسے غور سے اس کا منہ تک رہے تھے۔ بھلا انھوں نے کاہے کو ایسی ناک کہیں دیکھی ہو گی۔ جنو نے جلدی سے کچھ پونچھنے کے بہانے ناک اوڑھنی سے چھپالی۔ شبراتی بھیا جھینپ گئے۔ سمجھے ہوں گے بگڑ جائے گی یہ۔

اے کاش وہ سلوچنا ہوتی، یا مادھوری، کاکجّن ہی سہی! اللہ میاں کا اس میں کیا جاتا۔ کچھ ٹوٹا تو آنہ جاتا ان کے خزانے میں۔ اگر ذرا وہ گوری ہی ہوتی۔ اور کام چور کاریگر ذرا دھیان سے اسے ڈھنگ کا بناتے تو کیا ہاتھ سڑ جاتے ان کے؟

وہ آنکھیں بند کر کے بہت سے فرشتوں کو کھٹا کھٹ انسانی پیکر گڑھتے دیکھتی۔ کاش وہ گڑھی جارہی تھی تو فرشتہ کی بغل میں پھوڑا نہ نکلا ہوتا۔ باپو کے جب پھوڑا نکلا تھا تو ڈیڑھ مہینہ کی کھاٹ گوڑی تھی اور کھرپیا تک نہ ہلائی تھی۔

اس کا خیال ماں کی طرف بھٹک گیا۔ کھپریل میں نہ جانے دن میں کے گھنٹے اینڈتی۔ پچھلے چند مہینے سے اس کا پیٹ نہایت خوفناک چال سے بڑھ رہا تھا۔ وہ خوب جانتی تھی کہ یہ پھولنا خالی از علت نہیں۔ جب کبھی ماں پر یہ وبال چھا جاتا ہے ایک آدھ بہن یا بھائی رات بھر ریں ریں کرنے اور اس کے کولھے پر رونے کو آن موجود ہوتا ہے۔۔۔

مکھیاں، بس دوپہر کو ستاتی ہیں، اس کان سے اڑاؤ دوسرے پر آن مریں، وہاں سے اڑیں تو ناک میں تنتنائیں، وہاں سے نوچا تو آنکھ کے کوئے میں گھس جاتی ہیں۔ دو گھڑی بھی نہ ہوئی ہو گی کہ دوپٹہ کے چھید میں سے یلغار بول دیا۔ اور اوپر سے ماں ڈکرائی۔

"موت پڑے تیرے سونے پر، اٹھ، شبراتی کو روٹی دے۔"

گردن پر سے میل کی بتیاں چھٹاتی چھینکے کی طرف چلی۔ باہر پتھر پر شبراتی بھیا لال چار خانے کا انگوچھا پچھیچ رہے تھے۔ چھپاچھپ سے میلی میلی بوندیں اچھل کر ان کی ادھ مچی آنکھوں اور الجھے ہوئے بالوں پر پڑ رہی تھیں۔ وہ روٹی رکھ کے پاس ہی گھٹنے پر ٹھوڑی رکھ کے غور سے انھیں دیکھتی رہی۔ ان کے سینے پر کتنے بال تھے۔ گھنے ہوئے پسینے میں ڈوبے۔ "جی نہ گھبراتا ہو گا۔" وہ سوچنے لگی "کیسی کھجلی پڑتی ہو گی۔" ان کے کسے ہوئے ڈنڑوں اور رانوں کی مچھلیاں ہر چھپاکے کے ساتھ اچھلتی تھیں۔

شبراتی بھیا انگوچھا ٹٹی پر پھیلا کر روٹی کے بڑے بڑے نوالے ساگ کی کمی کا گلہ کرتے ہوئے نگلنے لگے۔

"پاڈی۔" انھوں نے سوکھی روٹی کے محیط نوالے کو گلے میں جکڑتے ہوئے کہا۔ اور جنّو نے گھبرا کر انھیں کٹوری پکڑادی۔

"جلدی سے کھالو۔ کٹوری مانجھ کے یہیں دھر دینا۔ ہمیں کُٹّی کرنے کو پڑی ہے۔" وہ غرور سے احکام صادر کرتی اٹھی۔

"ہم کر دیں گے کُٹّی۔" شبراتی روٹی کے کنارے کھاتے ہوئے بولا۔

"تم کھیت جاؤ گے۔" وہ چلنے لگی۔

"کھیت بھی جائیں گے۔"

وہ غرور سے ایک عمیق ڈکار لے کر بولا۔ "او ہنک رہنے دو۔" وہ چلی۔

"کہتے ہیں تجھ سے کُٹّی نہیں ہو گی۔ ویسے ہی کوئی چوٹ چپیٹ آ جائے گی۔" شبراتی نے پیار سے ڈانٹا۔

شبراتی کو کیا، ان کے آنے سے پہلے وہ کُٹّی کیا کرتی تھی کہ نہیں۔ ایسی بھی کیا چوٹ چپیٹ چھپڑ میں جا کر اس نے روپا اور چندن کو پیار سے دو چار گھونسے لگانے اور انھیں کونے میں چپ چاپ کھڑا رہنے کی تاکید کر کے خود کٹی کے گٹھے کو بچور کر گڈیاں بنانے لگی۔

"جھیپ۔ ہٹو ہم کٹی کر دیں۔" شبراتی نے پھر ڈکار لے کر چنے کے ساگ کا مزہ لینا شروع کیا۔

وہ اترا کر گنڈاسا سنبھال کر بیٹھ گئی۔ گویا اس نے سنا ہی نہیں۔

"تجھ سے ایک دفعہ کہو تو سنتی ہی نہیں۔ لا اِدھر گنڈاسا۔" وہ گنڈاسا چھیننے لگے۔

"نہیں۔" وہ ہنسنے لگی اور کٹّی شروع کر دی۔

"تو لیو اب۔" وہ اپنی پھکنی جیسی موٹی موٹی انگلیاں گنڈاسے کے نیچے بچھا کر بولے۔

"لیو۔ اب کرو کٹی۔ مار دیو۔"

"ہٹاؤ۔ کہ ہم سچی مار دیں۔" وہ گنڈاسا تول کے بولی۔ جیسے سچ مچ مار ہی تو دیتی۔

"مار۔ تیرے کلیجہ میں بوتہ ہو تو مار دیکھ۔"

اور جو وہ مار ہی دیتی کچر کچر ساری انگلیاں پس جاتیں یہ کیا بات تھی، کوئی زبردستی تھی ان کی؟

"اب مارتی کیوں نہیں۔" شبراتی بھیا نے آنکھیں جھپکائیں۔ اور ان کا مونچھوں والا موٹا سا ہونٹ دور تک پھیل گیا۔ گنڈاسا چھین لیا گیا۔ اور جنو کھسیا گئی۔ نہ جانے اس کے سخت اور کھدرے ہاتھوں کو اس وقت کیا ہو گیا۔۔ کس قدر چھوٹے اور نرم معلوم دینے لگے۔

اسے معلوم ہو گیا کہ سینہ پر پسینہ میں ڈوبے ہوئے گھنے بالوں سے جی کیوں نہیں گھبراتا اور پھکنی جیسی انگلیاں کیسی پھرتیلی ہوتی ہیں۔۔۔

جنو کا بس چلتا تو وہ ان کے بھوکے کتوں کو اپنی بوٹیاں بھی کھلا دیتی۔ مگر کتنا کھاتے تھے، اس کے ذرا ذرا سے بہن بھائی! وہ موٹی سے موٹی روٹی خواہ کتنی ہی جلی اور ادھ کچری کیوں نہ ہو، چٹکیوں میں ہضم کر جاتے۔۔۔ کیا ایسا بھی کوئی دن ہو گا جب اسے روٹی نہ تھوپنی پڑے۔۔۔۔ رات بھر ماں آٹا پیستی اور اس بھدّی عورت سے ہو ہی کیا سکتا ہے۔ سال میں 365 دن میں کسی نہ کسی بچے کو پیٹ میں لیے کوٹھے پر لادے یا دودھ پلاتے گزارتی۔۔۔ ماں کیا تھی ایک خزانہ تھی جو کم ہی نہ ہوا تھا۔ کتنے ہی کیڑے اس نے نالیوں میں کشتی لڑنے اور غلاظت پھیلانے کے لیے تیار کر لیے تھے۔ پر ویسی ہی ڈھیر کا ڈھیر رکھی تھی۔

آخر وہ دن بھی آگیا جب کہ رات کے ٹھیک بارہ بجے ماں نے بھینس کی طرح ڈکرانا شروع کیا۔ محلہ کی کل معزز بیویاں ٹھیکرے اور ہانڈیوں میں بدبودار چیزیں

لے کر ادھر سے ادھر دوڑنے لگیں۔ موٹی دوہر کو بچھڑے کی رسی کی مدد سے کھپریل کے کونے میں تان کر ماں لٹا دی گئی۔ بچوں نے منمنانا شروع کیا اور آنے والے سے بڑا بچہ پچھاڑیں کھا کر گرنے لگا۔ باپو نے سب کو نہایت عجیب عجیب رشتہ قائم کرنے کی دھمکی دے کر کونے میں ٹھونس دیا اور خود ماں کو نہایت پیچدار گالیاں دینے لگا جن کا مفہوم جنو کسی طرح نہ سمجھ سکی۔ شبراتی بھیا دو ایک گالیاں جوؤں وغیرہ کو دے کر بھینسوں والے چھپّر میں جا پڑے۔ پر جنو ماں کی چنگھاڑیں سنتی رہی۔ اس کا کلیجہ ہلا جاتا تھا۔ معلوم ہوتا تھا کوئی ماں کو کاٹے ڈال رہا ہے۔ عورتیں نہ جانے اس پردے کے پیچھے اس کے سنگ کیا بے جا حرکت کر رہی تھیں۔ جنو کو ایسا معلوم ہو رہا تھا کہ جیسے ماں کا سارا دکھ وہی اٹھا رہی ہے۔ گویا وہی چیخ رہی ہے اور ایک نامعلوم دکھ کی تھکن سے واقعی وہ رونے لگی۔

صبح کو وہ ایک سرخ گوشت کے لوتھڑے کو گودڑ میں رکھا دیکھ کر قطعی فیصلہ نہ کر سکی کہ اس مصیبت اور دکھ کا معقول صلہ ہے یا نہیں جو ماں نے گزشتہ شب جھیلا تھا۔ پتہ نہیں ماں نے دوسری غلاظت کے ساتھ ساتھ اسے چیلوں کے کھانے کے لیے کوڑے کے ڈھیر پر رکھنے کے بجائے اسے کلیجے سے کیوں لگا رکھا تھا۔

جاڑوں میں بھینسوں کے گوبر کی سڑاند بچی کھچی سانی کی بو کے درمیان پھٹے ہوئے گودڑ میں اس سرے سے اس سرے تک جیوہی جیولیٹ جاتے پھٹی ہوئی روئی کے گٹھل اور پرانی بوریاں جسم کے قریب گھسیٹ کر ایک دوسرے میں گھسنا شروع کر دیتے۔ تا کہ کچھ تو سردی دبے۔ اس بے سروسامانی میں بھی کیا مجال جو بچے نچلے بیٹھیں۔ رسولن ہنگوا کی ٹانگ گھسیٹتی اور نتھو موتی کے کولھے میں کاٹ کھاتا اور کچھ

نہیں تو شبراتی ہی گھسیٹ کر اتنی گدگدی کرتا کہ سانس پھول جاتی۔ وہ تو جب ماں گالیاں دیتی تب ذرا سوتے۔ رات کو وہ افراتفری پڑتی کہ کسی کا سر تو کسی کا پیر۔ کسی کو اپنے جسم کا ہوش نہ رہتا۔ پیر کہیں تو سر کہیں۔ بعض وقت اپنا جسم پہچاننا دشوار ہو جاتا۔ رات کو کسی کی لات یا گھونسے سے چوٹ کھا کر یا ویسے ہی اتنے جسموں کی بدبو سے اکتا کر اگر کوئی بچہ چوں بھی کرتا تو ماں ڈائن کی طرح آنکھیں نکال کر چیختی اور فریادی بسور کر رہ جاتا اور جنو تو سب سے بڑی تھی۔

مگر جنو کو خوب معلوم ہو گیا کہ سینے پر کتنے ہی بال ہوں، اور بغل میں سے کیسی ہی سڑاند آئے، جی بالکل نہیں گھبراتا۔ موری کا کپڑا کیچڑ میں کیا مزے سے لوٹتا ہے اور اس میں بات ہی ایسی کیا تھی۔

جب دوپہر کو ماں بچے کو جنو کو دے کر دائی سے پیٹ ملوانے کوٹھڑی میں چلی جاتی یا اپنی سہیلیوں سے کوئی نہایت ہی پوشیدہ بات کرتی ہوتی تو وہ بھیا کو گود میں لٹا کر جانے کیا سوچا کرتی۔ وہ اس کا چھوٹا سا منھ چومتی۔ مگر اس کا جی متلانے لگتا۔ پلپلا سڑے ہوئے دودھ کی بو۔ وہ سوچنے لگتی کہ کب وہ چھ فٹ اونچا چوڑے بازوؤں والا جوان بن چکے گا۔۔۔ اور پھر وہ اس کی چھوٹی چھوٹی مونچھوں اور پھکنی جیسی موٹی انگلیوں کا تصور کرتی۔ اسے یقین نہ آتا تھا کہ کبھی یہی خمیری گلگلا لکڑی کا کھمبا بن جائے گا۔ کنوئیں پر نہاتے ہوئے نیم برہنہ غنڈوں کو دیکھ کر وہ اپنے اَدھ مرے بھائیوں پر ترس کھانے لگتی۔ کاش یہی بڑھ جائیں۔ اتنا کھاتے ہیں پھر کچریا سا پیٹ پھول جاتا ہے اور وہ بھی صبح کو خالی۔

محرم پر شبراتی بھیا اپنے گھر چلے گئے۔ رات کو بچے پہلی ہی دھتکار میں سو

جاتے۔ پر جنو پڑی پڑی جاگا کرتی۔ وہ سڑک کے کسی بچے سے بے اختیار ہو کر لپٹ جاتی۔

"شبراتی بھیا کب تک آئیں گے اماں؟" اس نے ایک دن پوچھا ماں سے۔

"بیساکھ میں اس کا بیاہ ہے۔ اب وہ سسرال ہی رہے گا۔"

ماں گیہوں پھٹکتی ہوئی بولی، "ارے!" اسے کس قدر حیرت ہوئی۔ گھسیٹے چاچا کے بیاہ میں بس کیا بتایا جائے کیا مزہ آیا تھا۔ رات رات بھر بس گانا اور ڈھول۔ سرخ ٹول کی ڈپٹیا وہ کس شان سے آٹھ دن تک اوڑھے پھری تھی۔ جبھی تو شبراتی بھیا نے اس کے کیا زور سے چٹکی بھر لی تھی۔ وہ گھنٹوں روئی تھی۔ وہ پھر سوچنے لگی کہ بیاہ میں وہ کون سا کرتا پہنے گی۔ لال اوڑھنی تو ویسی دھری تھی، پھر بیاہ تو ابھی دور تھا۔

پر نہ جانے اسے کیا ہو گیا تھا۔ ویسے تو کچھ نہیں، بس جی تھا کہ لوٹا جاتا تھا۔ اگر پچھواڑے املی کا پیڑ نہ ہوتا تو وہ پھر بھوکی ہی مر جاتی۔ کیسا جی بھاری بھاری رہتا۔۔۔ ماں اس کے جھونٹے پکڑ پکڑ کر ہلاتی۔ پر ہر وقت نیند تھی کہ سوار رہتی۔۔۔ پانی بھرتے میں اسے کئی دفعہ چکر آ گیا۔ اور ایک دفعہ تو وہ گر ہی پڑی دہلیز پر۔

"ناجو کی کمر لچک جاتی ہے۔" ماں نے دو ہتڑ مار کر کہا۔

اور اپنا سا پیلا چہرہ دیکھ کر تو وہ خود ڈر جاتی۔ وہ یقیناً مرنے والی ہو رہی تھی۔ کبڑی بڑھیا مری تھی تو کئی دن پہلے دھڑام سے موری میں گری۔ اور بس گھسٹا ہی کرتی تھی۔

"اری یہ تجھے ہو کیا گیا ہے رانڈ؟" ماں نے اسے پژمردہ دیکھ کر پوچھ ہی لیا۔ اور

وہ اسے بے طرح ٹٹولنے لگی۔ جنو کے بہت گدگدی ہوئی۔

"حرامزادی! یہ کس کا ہے؟" اس نے اس کی چوٹی امیٹھ کر کہا۔ "کیا؟" جنو نے ڈر کے پوچھا۔ "ارے۔۔۔ یہی۔۔۔ تیرے کرتوت۔۔۔ بچہ بنتی جاتی ہے۔۔۔ مردار حرامخور۔" اس نے جنو کو اتنا مارا کہ ڈھائی سیر گھی پھینکنے پر بھی نہ مارا ہوگا اور خود اپنا سر کوٹ ڈالا۔ "اری مردے خور بتا تو آخر کچھ۔" وہ تھک کر جنو کو پھر پیٹنے لگی۔ اور پھر اس نے نہ جانے کیا کیا پوچھ ڈالا۔ وہاں تھا ہی کیا۔

رات کو اس نے اپنے باپ کی گالیاں اور مار ڈالنے کی دھمکی سن کر زور سے گھٹنے پیٹ میں اڑا لیے اور کھاٹ پر اوندھی ہو گئی۔۔۔ پر اسے بڑی حیرت ہوئی کہ وہ ساتھ ساتھ شبراتی بھیا کو کیوں گنڈاسے سے کاٹ ڈالنے کی دھمکی دے رہے تھے۔ بیساکھ میں تو ان کا بیاہ ہونے والا تھا جس میں وہ سرخ دوپٹہ اوڑھ کر۔۔۔ اس کا گلا بھر آیا۔

***

بچھو پھوپی

جب پہلی بار میں نے انہیں دیکھا تو وہ رحمان بھائی کے پہلے منزلے کی کھڑکی میں بیٹھی لمبی لمبی گالیاں اور کوسنے دے رہی تھیں۔ یہ کھڑکی ہمارے صحن میں کھلتی تھی اور قانوناً اسے بند رکھا جاتا تھا کیوں کہ پردے والی بی بیوں کا سامنا ہونے کا ڈر تھا۔ رحمان بھائی رنڈیوں کے جمعدار تھے، کوئی شادی بیاہ، ختنہ، بسم اللہ کی رسم ہوتی، رحمان بھائی اونے پونے ان رنڈیوں کو بلا دیتے اور غریب کے گھر میں بھی وحید جان، مشتری بائی اور انوری کہروا ناچ جاتیں۔

مگر محلے ٹولے کی لڑکیاں بالیاں ان کی نظر میں اپنی سگی ماں بہنیں تھیں۔ ان کے چھوٹے بھائی بندو اور گیندا آئے دن تاک جھانک کے سلسلہ میں سر پھٹول کیا کرتے تھے، ویسے رحمان بھائی محلے کی نظروں میں کوئی اچھی حیثیت نہیں رکھتے تھے۔ انہوں نے اپنی بیوی کی زندگی ہی میں اپنی سالی سے جوڑ توڑ کر لیا تھا۔ اس یتیم سی سالی کا سوائے اس بہن کے اور کوئی مرا جیتا نہ تھا۔ بہن کے ہاں پڑی تھی۔ اس کے بچے پالتی تھی۔ بس دودھ پلانے کی کسر تھی۔ باقی سارا گو موت وہی کرتی تھی۔

اور پھر کسی نک چڑھی نے اسے بہن کے بچے کے منہ میں ایک دن چھاتی دیتے دیکھ لیا۔ بھانڈا پھوٹ گیا اور پتہ چلا کہ بچوں میں آدھے بالکل "خالہ" کی صورت پہ

ہیں۔ گھر میں رحمان کی دلہن چاہے بہن کی درگت بناتی ہوں پر کبھی پنچوں میں اقرار نہ کیا۔ یہی کہا کرتی تھیں۔ "جو کنواری کو کہے گا، اس کے دیدے گھٹنوں کے آگے آئے گا۔" ہاں بر کی تلاش میں ہر دم سوکھا کرتی تھیں، پر اس کیڑے بھرے کباب کو بر کہاں جُڑتا؟ ایک آنکھ میں یہ بڑی کوڑی سی پھلی تھی۔ پیر بھی ایک ذرا چھوٹا تھا۔ کولہا دبا کر چلتی تھی۔

سارے محلے سے ایک عجیب طرح کا بائیکاٹ ہو چکا تھا۔ لوگ رحمان بھائی سے کام پڑتا تو دھونس جما کر کہہ دیتے محلے میں رہنے کی اجازت دے رکھی تھی۔ یہی کیا کم عنایت تھی۔ رحمان بھائی اسی کو اپنی عزت افزائی سمجھتے تھے۔

یہی وجہ تھی کہ وہ ہمیشہ رحمان بھائی کی کھڑکی میں بیٹھ کر طول طویل گالیاں دیا کرتی تھی۔ کیوں کہ باقی محلے کے لوگ ابا سے دبتے تھے مجسٹریٹ سے کون بیر مول لے۔

اس دن پہلی دفعہ مجھے معلوم ہوا کہ ہماری اکلوتی سگی پھوپی بادشاہی خانم ہیں اور یہ لمبی لمبی گالیاں ہمارے خاندان کو دی جا رہی تھیں۔

اماں کا چہرہ فق تھا اور وہ اندر کمرے میں سہمی بیٹھی تھیں، جیسے بچھو پھوپی کی آواز ان پر بجلی بن کر ٹوٹ پڑے گی۔ چھٹے چھ ماہے اسی طرح بادشاہی خانم رحمان بھائی کی کھڑکی میں بیٹھ کر ہنکارتیں، ابا میاں ان سے ذرا سی آڑ لے کر مزے سے آرام کرسی پر دراز اخبار پڑھتے رہتے اور موقع محل پر کسی لڑکے بالے کے ذریعے کوئی ایسی بات جواب میں کہہ دیتے کہ پھوپی بادشاہی پھر شتابیاں چھوڑنے لگتیں۔ ہم لوگ سب کھیل کود، پڑھنا لکھنا چھوڑ کر صحن میں گچھا بنا کر کھڑے ہو جاتے اور

مڑ مڑ اپنی پیاری پھوپی کے کوسنے سنا کرتے جس کھڑکی میں وہ بیٹھتی تھیں وہ ان کے طول طویل جسم سے لبالب بھری ہوئی تھی۔ ابا میاں سے اتنی ہم شکل تھیں جیسے وہی مونچھیں اتار کر ڈوپٹہ اوڑھ کر بیٹھ گیے ہوں۔ اور باوجود کوسنے اور گالیاں سننے کے ہم لوگ بڑے اطمینان سے انہیں تکا کرتے تھے۔

ساڑھے پانچ فٹ کا قد، چار انگل چوڑی کلائی، شیر سا کلا، سفید بگلا بال، بڑا سا دہانہ، بڑے بڑے دانت بھاری سی تھوڑی اور آواز تو ماشاء اللہ ابا میاں سے ایک سر نیچی ہی ہوگی۔

پھوپی بادشاہی ہمیشہ سفید کپڑے پہنا کرتیں تھیں۔ جس دن پھوپا مسعود علی نے مہترانی کے سنگ کلیلیں کرنی شروع کیں پھوپی نے بٹے سے ساری چوڑیاں چھنا چھن توڑ ڈالیں۔ رنگا ڈوپٹہ اتار دیا اور اس دن سے وہ انہیں "مرحوم" یا "مرنے والا" کہا کرتی تھیں۔ مہترانی کو چھونے کے بعد انہوں نے وہ ہاتھ پیر اپنے جسم کو نہ لگنے دیئے۔

یہ سانحہ جوانی میں ہوا تھا اور اب جب سے "رنڈاپا" جھیل رہی تھیں۔ ہمارے پھوپا ہماری اماں کے چچا بھی تھے۔ ویسے تو نہ جانے کیا گھپلا تھا۔ میرے ابا میری اماں کے چچا لگتے تھے۔ اور شادی سے پہلے جب وہ چھوٹی سی تھیں تو میرے ابا کو دیکھ کر ان کا پیشاب نکل جاتا تھا۔ اور جب انہیں یہ معلوم ہوا کہ ان کی منگنی اسی بھیانک دیو سے ہونے والی ہے۔ تو انہوں نے اپنی دادی یعنی ابا کی پھوپی کی پٹاری سے افیون چرا کر کھالی تھی۔ افیون زیادہ نہیں تھی اور کچھ دن لوٹ پوٹ کر اچھی ہو گئیں۔ ان دنوں ابا علی گڑھ کالج میں پڑھتے ان کی بیماری کی خبر سن کر امتحان چھوڑ کر بھاگے۔

بڑی مشکل سے ہمارے نانا جو ابا کے پھوپی زاد بھائی بھی تھے اور بزرگ دوست بھی، انہوں نے سمجھا بجھا کر واپس امتحان دینے بھیجا تھا۔ جتنی دیر وہ رہے، بھوکے پیاسے ٹہلتے رہے۔ ادھ کھلی آنکھوں سے میری اماں نے ان کا چوڑا چکلا سایہ پردے کے پیچھے بے قراری سے تڑپتے دیکھا۔

"امراؤ بھائی! اگر انہیں کچھ ہو گیا۔۔۔ تو۔۔۔" دیو کی آواز لرز رہی تھی۔ نانا میاں خوب ہنسے۔

"نہیں برادر، خاطر جمع رکھو۔ کچھ نہ ہو گا۔"

اس وقت میری منی سی معصوم ماں ایک دم عورت بن گئی تھی۔ اس کے دل سے ایک دم دیوزاد انسان کا خوف نکل گیا تھا۔ جبھی تو میری پھوپی بادشاہی کہتی تھی میری اماں جادوگرنی ہے اور اس کا تو میرے بھائی سے شادی سے پہلے تعلق ہو کر پیٹ گرا تھا۔ میری اماں اپنے جوان بچوں کے سامنے جب یہ گالیاں سنتیں تو ایسی بسور بسور کر روتیں کہ ہمیں ان کی مار فراموش ہو جاتی اور پیار آنے لگتا مگر یہ گالیاں سن کر ابا کی گمبھیر آنکھوں میں پریاں ناچنے لگتیں۔ وہ بڑے پیار سے ننھے بھائی کے ذریعے کہلواتے۔

"کیوں پھوپی، آج کیا کھایا ہے؟"

"تیری میا کا کلیجہ۔" اس بے تکے جواب سے پھوپی جل کر مرنڈا ہو جاتیں، ابا پھر جواب دلواتے۔

"ارے پھوپی، جب ہی منہ میں بواسیر ہو گئی ہے جلاب لو جلاب!"

وہ میرے نوجوان بھائی کی مچمچاتی لاش پر کوؤں، چیلوں کی دعوت دینے لگتیں۔

ان کی دلہن کو جو نہ جانے بیچاری اس وقت کہاں بیٹھی اپنے خیالی دولہا کے عشق میں لرز رہی ہوگی، رنڈاپے کی دعائیں دیتیں۔ اور میری اماں کانوں میں انگلیاں دے کر بدبداتیں۔

"جل تو جلال تو، آئی بلا کو ٹال تو۔"

پھر ابا اکساتے اور ننھے بھائی پوچھتے۔

"پھوپی بادشہی، مہترانی پھوپی کا مزاج تو اچھا ہے؟" اور ہمیں ڈر لگتا کہ کہیں پھوپی کھڑکی میں سے پھاند نہ پڑیں۔

"ارے جا سنپولیے، میرے منہ نہ لگ، نہیں تو جوتی سے منہ مسل دوں گی۔ یہ بڈھا اندر بیٹھا کیا لونڈوں کو سکھا رہا ہے۔ مغل بچہ ہے تو سامنے آ کر بات کرے۔"

"رحمان بھائی اے رحمان بھائی، اس بورانی کتیا کو سنکھیا کیوں نہیں کھلاتے" ابا کے سکھانے پر ننھے بھائی ڈرتے ہوئے بولتے۔ حالانکہ انہیں ڈرنے کی کوئی ضرورت نہ تھی۔ کیوں کہ سب جانتے تھے کہ آواز ان کی ہے مگر الفاظ اباں میاں کے ہیں۔ لہذا گناہ ننھے بھائی کی جان پر نہیں۔ مگر پھر بھی بالکل ابا کی شکل کی پھوپی کی شان میں کچھ کہتے ہوئے انہیں پسینے آجاتے تھے۔

کتنا زمین و آسمان کا فرق تھا۔ ہمارے ددھیال اور ننھیال والوں میں ننھیال حکیموں گلی میں تھی اور ددھیال گاڑی بانوں کٹھہرے میں۔ ننھیال والے سلیم چشتی کے خاندان سے تھے۔ جنہیں مغل بادشاہ نے مرشد کا مرتبہ دے کر نجات کا راستہ پہچانا۔ ہندوستان میں اسے بسے عرصہ گزر چکا تھا۔ رنگتیں سنولا چکی تھیں نقوش نرم پڑ چکے تھے۔ مزاج ٹھنڈے ہو گیے تھے۔

ددھیال والے باہر سے سب سے آخری کھیپ میں آنے والوں میں سے تھے۔ ذہنی طور پر ابھی تک گھوڑوں پر سوار منزلیں مار رہے تھے۔ خون میں لاوا دہک رہا تھا۔ کھڑے کھڑے تلوار جیسے نقوش، لال فرنگیوں جیسے منہ، گریلوں جیسی قد و قامت، شیروں جیسی گرجدار آوازیں۔ شہتیر جیسے ہاتھ پاؤں۔

اور ننھیال والے، نازک ہاتھ پیروں والے شاعرانہ طبیعت کے دھیمی آواز میں بولنے چالنے کے عادی۔ زیادہ تر حکیم، عالم اور مولوی تھے۔ جبھی محلے کا نام حکیموں کی گلی پڑ گیا تھا۔ کچھ کاروبار میں بھی حصہ لینے لگے تھے، شال باف، زردوز اور عطار وغیرہ بن چکے تھے۔ حالانکہ میری ددھیال والے ایسے لوگوں کو کنجڑے قصائی ہی کہا کرتے تھے کیوں کہ وہ خود زیادہ تر فوج میں تھے۔ ویسے مار دھاڑ کا شوق ابھی تک نہیں ہوا تھا۔ کشتی پہلوانی، تیراکی میں نام پیدا کرنا، پنجہ لڑانا، تلوار اور پٹے کے ہاتھوں دکھانا اور چوسر پچیسی کو جو میری ننھیال کے مرغوب ترین کھیل تھے ہیجڑوں کے کھیل سمجھنا۔

کہتے ہیں جب آتش فشاں پہاڑ پھٹتا ہے تو لاوا وادی کی گود میں اتر آتا ہے۔ شاید یہی وجہ تھی کہ میرے ددھیال والے ننھیال والوں کی طرف خود بخود کھینچ کر آ گیے۔ یہ میل کب اور کس نے شروع کیا سب شجرے میں لکھا ہے، مگر مجھے ٹھیک سے یاد نہیں۔ میرے دادا ہندوستان میں پیدا نہیں ہوئے تھے۔ دادیاں بھی اسی خاندان سے تعلق رکھتی تھی مگر ایک چھوٹی سی بہن بن بیاہی تھی۔ نہ جانے کیوں کر وہ شیخوں میں بیاہ دی گئی۔ شاید میری اماں کے دادا نے میرے داد پر کوئی جادو کر دیا تھا کہ انہوں نے اپنی بہن بقول پھوپی بادشاہی کنجڑوں قصائیوں میں دے دی۔

اپنے "مرحوم" شوہر کو گالیاں دیتے وقت وہ ہمیشہ اپنے باپ کو قبر میں چین نہ ملنے کی بد دعائیں دیا کرتیں۔ جنہوں نے چغتائی خاندان کی مٹی پلید کر دی۔

میری پھوپی کے تین بھائی تھے۔ میرے تایا میرے ابا میاں اور میرے چچا۔ بڑے دو ان سے بڑے تھے اور چچا سب سے چھوٹے تھے۔ تین بھائیوں کی ایک لاڈلی بہن ہمیشہ کی نخریلی اور تنک مزاج تھیں۔ وہ ہمیشہ تینوں پر رعب جماتیں اور لاڈ کرواتیں۔ بالکل لونڈوں کی طرح پلیں، شیر سواری تیر اندازی اور تلوار چلانے کی بھی خاصی مشق تھی۔ ویسے تو پھیل پھال کر ڈھیر معلوم ہوتی تھیں۔ مگر پہلوانوں کی طرح سینہ تان کر چلتی تھیں۔ سینہ تھا بھی چار عورتوں جتنا۔

ابا مذاق میں اماں کو چھیڑا کرتے۔

"بیگم بادشاہی سے کشتی لڑو گی؟"

"اوئی توبہ میری! عالم فاضل باپ کی بیٹی" میری اماں کان پر ہاتھ دھر کر کہتیں، مگر وہ ننھے بھائی سے فوراً پھوپی کو چیلنج بھجواتے۔

"پھوپی ہماری اماں سے کشتی لڑو گی؟"

"ہاں، ہاں بلا اپنی اماں کو۔ آجائے خم ٹھوک کر۔ ارے الو نہ بنا دوں تو مرزا کریم بیگ کی اولاد نہیں۔ باپ کا نطفہ ہے تو بلا۔ بلا ملازادی کو۔۔۔" اور میری اماں اپنا لکھنؤ کا بڑے پائنچوں کا پاجامہ سمیٹ کر کونے میں دبک جاتیں۔

"پھوپی بادشاہی، دادا میاں گنوار تھے نا؟ بڑے نانا جان انہیں آمد نامہ پڑھایا کرتے تھے۔" ہمارے پر نانا کے دادا جان نے کبھی دادا کو کچھ پڑھا دیا ہو گا" ابا میاں چھیڑنے کو بات توڑ موڑ کر کہلواتے۔

"ارے وہ استنجے کا ڈھیلا کیا میرے باوا کو پڑھاتا۔ مجاور کہیں کا، ہمارے ٹکڑوں پر پلتا تھا۔" یہ سلیم چشتی اور اکبر بادشاہ کے رشتے سے حساب لگایا جاتا۔ ہم لوگ یعنی چغتائی اکبر بادشاہ کے خاندان سے تھے۔ جنہوں نے میری ننھیال کے سلیم چشتی کو پیرو مرشد کہا تھا۔ مگر پھوپی کہتیں۔ "خاک، پیرو مرشد کی دم! مجاور تھے مجاور۔"

تین بھائی تھے مگر تینوں سے لڑائی ہو چکی تھی۔ اور وہ غصہ ہوتیں تو تینوں کی دھجیاں بکھیر دیتیں۔ بڑے بھائی بڑے اللہ والے تھے، انہیں حقارت سے فقیر اور بھیک منگا کہتیں۔ ہمارے ابا گورنمنٹ سروس میں تھے۔ انہیں غدار اور انگیزوں کا غلام کہتیں، کیوں کہ مغل شاہی انگریزوں نے ختم کرڈالی، ورنہ آج۔ "مرحوم" پتلی دال کے کھانے والے جولاہے یعنی میرے پھوپا کے بجائے وہ لال قلعے میں زیب النساء کی طرح عرق گلاب میں غسل فرما کر کسی ملک کے شہنشاہ کی ملکہ بنی بیٹھی ہوتیں۔ تیسرے یعنی بڑے چچا دس نمر کے بدمعاشوں میں سے تھے اور سپاہی ڈرتا ڈرتا مجسٹریٹ بھائی کے گھر ان کی حاضری لینے آیا کرتا تھا۔ انہوں نے کئی قتل کیے تھے، ڈاکے ڈالے تھے۔ شراب اور رنڈی بازی میں اپنی مثال آپ تھے۔ وہ انہیں ڈاکو کہا کرتی تھیں جو ان کے کیریئر کو دیکھتے ہوئے قطعی پھسپھسا لفظ تھا۔

مگر جب وہ اپنے "مرحوم" شوہر سے غصہ ہوتیں تو کہا کرتیں۔ "منہ جلے۔ نگوڑی ناہٹی نہیں ہوں۔ تین بھائیوں کی اکلوتی بہن ہوں۔ ان کو خبر ہو گئی تو دنیا کا نہ رہے گا۔ اور کچھ نہیں۔ اگر چھوٹا سن لے تو پل بھر میں انتڑیاں نکال کے ہاتھ میں تھما دے۔ ڈاکو ہے ڈاکو۔۔۔ اس سے بچ گیا تو منجھلا مجسٹریٹ تجھے جیل کی سزا دے گا۔ ساری عمر چکیاں پسوائے گا اور اس سے بچ گیا تو بڑا جو اللہ والا ہے۔ تیری عاقبت

خاک میں ملادے گا۔ دیکھ مغل بچی ہوں تیری اماں کی طرح شیخانی فتانی نہیں۔" مگر میرے پھوپا اچھی طرح جانتے تھے کہ تینوں بھائی ان پر رحم کھاتے ہیں اور وہ بیٹھے مسکراتے رہتے ہیں وہی میٹھی میٹھی زہریلی مسکراہٹ جس کے ذریعے سے میرے ننھیال والے ددھیال والوں کو برسوں سے جلا رہے ہیں۔

ہر عید بقر عید کو میرے ابا میاں بیٹوں کو لے کر عید گاہ سے سیدھے پھوپی اماں کے ہاں کوسنے اور گالیاں سننے جایا کرتے، وہ فوراً پردہ کر لیتیں اور کوٹھڑی میں سے میری جادوگرنی ماں اور ڈاکو ماموں کو کوسنے لگتیں۔ نوکر کو بلا کر سویاں بجھواتیں۔ مگر یہ کہتیں "پڑوسن نے بھیجی ہیں۔"

"ان میں زہر تو نہیں ملا ہوا ہے؟" ابا چھیڑنے کو کہتے اور پھر ساری ننھیال کے چیتھڑے بکھیرے جاتے۔ سویاں کھا کر عیدی دیتے جو وہ فوراً زمین پر پھینک دیتیں کہ "اپنے سالوں کو دو وہی تمہاری روٹیوں پر پلے ہیں۔" اور ابا چپ چاپ چلے آتے اور وہ جانتے تھے کہ پھوپی بادشاہی وہ روپے گھنٹوں آنکھوں سے لگا کر روتی رہیں گی۔ بھتیجوں کو وہ آڑ میں بلا کر عیدی دیتیں۔

"حرامزادو اگر اماں ابا کو بتلایا تو بوٹیاں کاٹ کر کتوں کو کھلا دوں گی۔" اماں ابا کو معلوم تھا کہ لڑکوں کو کتنی عیدی ملی۔ اگر کسی عید پر کسی وجہ سے ابا میاں نہ جا پاتے تو پیغام پر پیغام آتے "نصرت خانم بیوہ ہو گئیں، چلو اچھا ہوا۔ میرا کلیجہ ٹھنڈا ہوا" برے برے پیغام شام تک آتے ہی رہتے اور پھر وہ خود رحمان بھائی کے کوٹھے پر سے گالیاں برسانے آجاتیں۔

ایک دن عید کی سویاں کھاتے کھاتے کچھ گرمی سے جی مالش کرنے لگا۔ ابا

میاں کو الٹی ہو گئی۔

"لو بادشاہی خانم، کہا سنا معاف کرنا، ہم تو چلے۔" ابا میاں نے کراہ کر آواز بنائی اور پھوپی لشتم پشتم پردہ پھینک چھاتی کوٹتی نکل آئیں۔ ابا کو شرارت سے ہنستا دیکھ الٹے پاؤں کوستی لوٹ گئیں۔

"تم آگئیں بادشاہی تو ملک الموت بھی گھبرا کر بھاگ گیے۔ ورنہ ہم تو آج ختم ہی ہو جاتے"۔ ابا نے کہا۔ نہ پوچھیے پھوپی نے کتنے وزنی کوسنے دیئے۔ انہیں خطرے سے باہر دیکھ کر بولیں۔

"اللہ نے چاہا بجلی گرے گی۔ نالی میں گر کر دم توڑو گے۔ کوئی میت کو کاندھا دینے والا نہ بچے گا" ابا چڑانے کو انہیں دو روپئے بجھوا دیتے۔

"بھئی ہماری خاندانی ڈومنیاں گالیاں دیدیں تو انہیں بیل تو ملنی ہی چاہئے۔" اور پھوپی بوکھلاہٹ میں کہہ جاتیں۔

"بیل دے اپنی اماں بہنیا کو۔" اور پھر فوراً اپنا منہ پیٹنے لگتیں خود ہی کہتیں۔ "اے بادشاہی بندی، تیرے منہ کو کالک لگے۔ اپنی میت آپ پیٹ رہی ہے۔" پھوپی کو اصل میں بھائی سے ہی بیر تھا۔ بس ان کے نام پر آگ لگ جاتی، ویسے کہیں ابا کے بغیر اماں نظر آجاتیں تو گلے لگا کر پیار کرتیں پیار سے "نچھو نچھو" کہتیں۔ "بچے تو اچھے ہیں۔" وہ بالکل بھول جاتیں کہ یہ بچے اسی بدذات بھائی کے ہیں جسے وہ ازل سے ابد تک کوستی رہیں گی۔ اماں ان کی بھتیجی بھی تھیں۔ بھئی کس قدر گھپلا تھا میری ددھیال ننھیال میں۔ ایک رشتے سے میں اپنی اماں کی بہن بھی لگتی تھی۔ اس طرح میرے ابا میرے دولہا بھائی بھی ہوتے تھے۔ میری ددھیا کو ننھیال والوں نے کیا کیا

غم نہ دیئے۔ غضب تو جب ہوا جب میری پھوپی کی بیٹی مسرت خانم ظفر ماموں کو دل دے بیٹھی۔ ہوا یہ کہ میری اماں کی دادی یعنی ابا کی پھوپی جب لب دم ہوئیں تو دونوں طرف کے لوگ تیمارداری کو پہنچے۔ میرے ماموں بھی اپنی دادی کو دیکھنے گیے۔ مسرت خانم بھی اپنی اماں کے ساتھ ان کی پھوپی دیکھنے آئیں۔

بادشاہی پھوپی کو کچھ ڈر، خوف تو تھا نہیں۔ وہ جانتی تھیں کہ میرے ننھیال والوں کی طرف سے انہوں نے اپنی اولاد کے دل میں اطمینان بخش حد تک نفرت بھر دی ہے اور پندرہ برس کی مسرت خانم کا بھی سن ہی کیا تھا۔ اماں کے کولہے سے لگ کر سوتی تھیں۔ دودھ پیتی ہی تو انہیں لگتی تھیں۔ پھر جب میرے ماموں نے اپنی کرنجی شربت بھری آنکھوں سے مسرت جہاں کے لچک دار سراپے کو دیکھا تو وہیں کی وہیں جم کر رہ گئیں۔

دن بھر بڑے بوڑھے تیمارداری کر کے تھک کر سو جاتے تو یہ فرمانبردار بچے سرہانے بیٹھے مریضہ پر کم ایک دوسرے پر زیادہ نگاہ رکھتے جب مسرت جہاں برف میں تر کپڑا بڑی بی کے ماتھے پر بدلنے کو ہاتھ بڑھاتیں تو ظفر ماموں کا ہاتھ وہاں پہلے سے موجود ہوتا۔

دوسرے دن بڑی بی نے پٹ سے آنکھیں کھول دیں۔ لرزتی کانپتی گاؤ تکیے کے سہارے اٹھ بیٹھیں، اٹھتے ہی سارے خاندان کے ذمہ دار لوگوں کو طلب کیا۔ جب سب جمع ہو گیے تو حکم ہوا۔ "قاضی کو بلواؤ۔"

لوگ پریشان کہ بڑھیا قاضی کو کیوں بلا رہی ہے، کیا آخری وقت سہاگ رچائے گی، کس کو دم مارنے کی ہمت تھی۔

"دونوں کا نکاح پڑھاؤ۔" لوگ چکرائے کن دونوں کا مگر ادھر مسرت جہاں پٹ سے بے ہوش ہو کر گریں ادھر ظفر ماموں بوکھلا کر باہر چلے۔ چور پکڑے گیے۔ نکاح ہو گیا، بادشاہی پھوپی سناٹے میں رہ گئیں۔ حالانکہ کوئی خطرناک بات نہ ہوئی تھی، دونوں نے صرف ہاتھ پکڑے تھے۔ مگر بڑی بی کے لیے بس یہی حد تھی۔

اور پھر جو بادشاہی پھوپی کو دورہ پڑا ہے تو بس گھوڑے اور تلوار کے بغیر انہوں نے کشتوں کے پشتے لگا دیئے۔ کھڑے کھڑے بیٹی داماد کو نکال دیا۔ مجبوراً ابا میاں دولہا دولہن کو اپنے گھر لے آئے۔ اماں تو چاند سی بھابی کو دیکھ کر نہال ہو گئیں، بڑی دھوم دھام سے ولیمہ کیا۔

بادشاہی پھوپی نے اس دن سے پھوپی کا منہ نہیں دیکھا۔ بھائی سے پردہ کر لیا۔ میاں سے پہلے ہی ناچاقی تھی۔ دنیا سے منہ پھیر لیا۔ اور ایک زہر تھا کہ ان کے دل و دماغ پر چڑھتا ہی گیا۔ زندگی سانپ کے پھن کی طرح ڈسنے لگی۔

"بڑھیا نے پوتے کے لیے میری بچی کو پھنسانے کے لیے مکر گانٹھا تھا۔"

وہ برابر یہی کہے جاتیں، کیوں کہ واقعی وہ اس کے بعد بیس سال تک اور جئیں۔ کون جانے ٹھیک ہی کہتی ہوں پھوپی۔

مرتے دم تک بہن بھائی میں میل نہ ہوا۔ جب ابا میاں پر فالج کا چوتھا حملہ ہوا اور بالکل ہی وقت آ گیا تو انہوں نے پھوپی بادشاہی کو کہلا بھیجا۔

"بادشاہی خانم، ہمارا آخری وقت ہے۔ دل کا ارمان پورا کرنا ہو تو آ جاؤ۔"

نہ جانے اس پیغام میں کیا تیر چھپے تھے۔ بھیا نے پھینکے اور بہنیا کے دل میں ترازو ہو گیے۔ ہلہلاتی، چھاتی کوٹتی، سفید پہاڑ کی طرح بھونچال لاتی ہوئی بادشاہی

خانم اس ڈیوڑھی پر اتریں جہاں اب تک انہوں نے قدم نہیں رکھا تھا۔

"لو بادشاہی، تمہاری دعا پوری ہو رہی ہے۔" ابا میاں تکلیف میں بھی مسکرا رہے تھے۔ ان کی آنکھیں اب بھی جوان تھیں۔

پھوپی بادشاہی باوجود بالوں کے وہی منی سی بچھو لگ رہی تھیں جو بچپن میں بھائیوں سے مچل کر بات منوالیا کرتی تھیں۔ ان کی شیر جیسی خرانٹ آنکھیں ایک میمنے کی معصوم آنکھوں کی طرح سہمی ہوئی تھیں۔ بڑے بڑے آنسو ان کے سنگ مرمر کی چٹان جیسے گالوں پر بہہ رہے تھے۔

"ہمیں کوسو بچھوبی" ابا نے پیار سے کہا۔ میری اماں نے سسکتے ہوئے بادشاہی خانم سے کوسنے کی بھیک مانگی۔

یااللہ۔۔۔ یااللہ۔۔۔ انہوں نے گرجنا چاہا۔ مگر کانپ کر رہ گئیں۔

" یا۔۔۔ یااللہ۔۔۔ میری عمر میرے بھیا کو دیدے۔۔۔ یا مولا۔۔۔ اپنے رسول کا صدقہ۔۔۔"

وہ اس بچے کی طرح جھنجھلا کر رو پڑیں۔ جسے سبق یاد نہ ہو۔

سب کے منہ فق ہو گیے۔ اماں کے پیروں کا دم نکل گیا۔ یا خدا آج بچھو پھوپی کے منہ سے بھائی کے لیے ایک کوسنا نہ نکلا۔ صرف ابا میاں مسکرا رہے تھے۔ جیسے ان کے کوسنے سن کر مسکرادیا کرتے تھے۔

سچ ہے، بہن کے کوسنے بھائی کو نہیں لگتے۔ وہ ماں کے دودھ میں ڈوبے ہوئے ہوتے ہیں۔

***

ساس

سورج کچھ ایسے زاویہ پر پہنچ گیا کہ معلوم ہوتا تھا کہ چھ سات سورج ہیں جو تاک تاک کر بڑھیا کے گھر میں ہی گرمی اور روشنی پہنچانے پر تلے ہوئے ہیں۔ تین دفعہ کھٹولی دھوپ کے رخ سے گھسیٹی، اور اے لو وہ پھر پیروں پر دھوپ اور جو ذرا اونگھنے کی کوشش کی تو دھماد ھم اور ٹھٹوں کی آواز چھت پر سے آئی۔

"خدا غارت کرے پیاروں پیٹی کو۔۔۔" ساس نے بے حیا بہو کو کوسا، جو محلے کے چھوکروں کے سنگ چھت پر آنکھ مچولی اور کبڈی اڑا رہی ہے۔

دنیا میں ایسی بہوئیں ہوں تو کوئی کاہے کو جئے۔۔۔ اے لو دوپہر ہوئی اور لاڈو چڑھ گئیں کوٹھے پر، ذرا ذرا سے چھوکرے اور چھوکریوں کا دل آن پہنچا پھر کیا مجال ہے جو کوئی آنکھ جھپکا سکے۔

"بہو۔۔۔ق۔۔۔" بڑھیا نے بلغم بھرے حلق کو کھڑ کھڑا کر کہا۔۔۔ "اری او۔۔۔ بہو!"

"جی آئی۔۔۔" بہو نے بہت سی آوازوں کے جواب میں کہا اور پھر وہی دھماد ھم جیسے کھوپڑی پر بھوت ناچ رہے ہوں۔۔۔"

"ارے تو آچک۔۔۔ خدا سمجھے تجھے۔۔۔" اور دھم دھم چھن چھن کرتی بہو

سیڑھیوں پر سے اتری اور اس کے پیچھے کتوں کی ٹولی۔ ننگے، آدھے ننگے، چیچک منہ داغ۔ ناکیں سڑ سڑاتے کوئی پون درجن بچے کھی کھی۔۔۔ کھوں کھوں کھی کھی۔ سب کے سب کھمبوں کی آڑ میں شرما شرما کر ہنسنے لگے۔

"الٰہی۔ یا تو ان حرامی پلوں کو موت دے دے یا میری مٹی عزیز کر لے، نہ جانے یہ اٹھائی گیر کہاں سے مرنے کو آجاتے ہیں۔۔۔ چھوڑ دیے ہیں جن جن کے ہمارے چھاتی پر مونگ دلنے کو۔۔۔ اور نہ جانے کیا کیا۔۔۔ پر بچے مسکرا مسکرا کر ایک دوسرے کو گھونسے دکھاتے رہے۔

"میں کہتی ہوں تمہارے گھروں میں کیا آگ لگ گئی ہے۔۔۔ جو۔۔۔"

"واہ۔۔۔ تم تو مر گئی تھیں۔۔۔" بہو نے بشریا کے کہنی کا ٹھوکہ دے کر کہا۔

بڑھیا جملے کو اپنی طرف مخاطب سمجھ کر تلملا اٹھی۔

"جھاڑو پھیروں تیری صورت پر مریں تیرے ہوتے سوتے، تیرے۔۔۔"

"ماں۔۔۔ ہم تمہیں کب کہہ رہے تھے۔۔۔" بہو نے لاڈ سے ٹھنک کر کہا۔

مگر بڑھیا کو سے گئی اور بچوں کو تو ایسا آڑے ہاتھوں لیا کہ بیچاروں کو منہ چڑھاتے بھاگتے ہی بنی اور بہو پھسکڑا مار کر بیٹھ گئی۔

دنیا جہاں میں کسی کی بہو بیٹیاں یوں لونڈوں کے ساتھ کڈ کڈے لگاتی ہوں گی۔ دن ہے تو لونڈ ھیارا، رات ہے تو۔۔۔ ساس تو زندگی سے تنگ تھی۔

"غن غن۔۔۔ غن غن۔۔۔" بہو منمنائی۔ اور طوطے کے پنجرے میں پنکھے میں سے تنکے نکال نکال کر ڈالنے لگی! ٹیں، ٹیں۔۔۔ طوطا چنگھاڑا۔

"خاک پڑی اب یہ طوطے کو کیوں کھائے لیتی ہے"، ساس غرائی۔

"تو یہ بولتا کیوں نہیں۔۔۔" بہو نے جواب دیا۔

"تیری بلا سے نہیں بولتا۔۔۔ تیرے باپ کا کھاتا ہے۔۔۔" ساس نے پہلو بدل کر کہا۔

"ہم تو اسے بلائیں گے۔۔۔" بہو نے اٹھلا کر طوطے کے پنجے میں تنکا کونچ کر کہا۔

"آئیں۔۔۔ آئیں۔۔۔ اے میں کہتی ہوں تیرا پتا ہی پگھل گیا ہے۔ اب ہٹتی ہے وہاں سے کہ لگاؤں۔۔۔" بڑھیا نے دھمکی آمیز پہلو بدل کر کہا اور جب بہو نے اور سنگایا تو کٹھالی کی شکل کی جوتی اٹھا کر ایسی تاک کر ماری کہ وہ گھڑونچی کے نیچے سوئے ہوئے کتے کے لگی۔ جو بلبلا کر بھاگا۔ اور بہو کھکھلا کر ہنسنے لگی۔ بڑھیا نے دوسری جوتی سنبھالی اور بہو کھمبے کی آڑ میں۔

"آنے دے اصغر کے بچہ کو۔۔۔"

"بچہ۔۔۔" بہو کو بچے کے نام پر بجائے شرمانے کے ہنسی دبانا پڑی۔

"تھو، ہے تیرے جنم پر۔۔۔ اے اور کیا۔۔۔ بچہ بھی آج کو ہو جاتا جو کوئی بھاگوان آئی، جس دن سے قدم دھرا گھر کا گھر واہو گیا۔" بہو اور مسکرائی اور طوطے کا پنجرہ جھکول ڈالا۔

"میں کہتی ہوں یہ طوطے کی جان کو کیوں آگئی ہے۔"

"تو یہ بولتا کیوں نہیں۔۔۔ ہم تو اسے بلائیں گے۔"

بڑھیا جل کر کوئلہ ہو گئی۔۔۔ "یہی ڈھنگ رہے تو اللہ جانتا ہے کہ دوسری نہ لاؤں تو نام نہیں۔۔۔"

دھوپ ڈھل کر گھڑونچی اور وہاں سے کنڈیلی پر پہنچی۔

ساس بڑبڑاتی رہی۔۔۔ موئے نفقتے بیٹی کو کیا جہیز دیا تھا۔ اے واہ قربان جایئے۔۔۔ کھولی کڑے اور ملمع کی بالیاں اور۔۔۔

"تو ہم کیا کریں۔۔۔" بہو پھوہڑپنے سے بڑبڑائی اور کھٹولی پر پسر کر لیٹ گئی۔

"اور وہ ایلومونیم کے۔۔۔" جمائی لے کر بڑھیا نے پٹاری پر سر رکھ کر ذرا ٹانگیں پھیلا کر کہا۔ اور پھر سونے سے پہلے وہ سمدھنوں کے گھٹنوں پر سے گھسے ہوئے گلبدن کے پاجاموں، پھیکے زردے اور گھنے ہوئے پایوں والے جہیز کے پلنگ کا ذکر کرتی رہی مگر بے حیا بہو آدھی کھٹولی اور آدھی زمین پر لٹک کر سو بھی گئی۔

بڑھیا کی بڑبڑاہٹ میں بھی خراٹوں میں نہ جانے کب بدل گئی۔

اصغر نے چھتری کو کھمبے سے لگا کر کھڑا کیا اور کتھئی بچھانے والی نیلی واسکٹ کو اتار کر کرتے سے پسینے کی آبشار پونچھتے ہوئے لان میں قدم رکھا۔ پہلے بڑی احتیاط سے ایک شریر بچے کی طرح روٹھ کر سوئی ہوئی بڑھیا پر نظر ڈالی اور پھر بہو پر آموں اور خربوزوں کی پوٹلی کو زمین پر رکھ کر کچھ سر کھجایا اور جھک کر بہو کی بانہہ بھینچ دی۔

"اوں۔۔۔" بہو تیوریاں چڑھا کر اینٹھی اور اس کا ہاتھ جھٹک کر مڑ کر سو گئی۔

اصغر نے پوٹلی اٹھائی۔ جیب میں نئی چوڑیوں کی پڑیا ٹٹولتا ہوا کوٹھڑی میں چلا گیا۔ بہو نے ہوشیار بلی کی طرح سر اچکا کر بڑھیا کو دیکھا اور دوپٹہ اوڑھتی جھپاک سے کوٹھڑی میں۔

لو رک گئی۔ پسینے کے شراٹے چل نکلے، مکھیاں آموں کے چھلکوں اور کوڑے

سے نیت بھر کے منہ کا مزہ بدلنے بڑھیا کے اوپر رینگنے لگیں، دوچار نے باچھوں میں بنی ہوئی پیک کو چکھنا شروع کیا، دو چار آنکھوں کے کونے میں تندہی سے گھسنے لگیں۔۔۔

کوٹھڑی میں سے ایک گڑگڑاتی ہوئی بھاری آواز اور دوسری چنچناہٹ اوں۔۔۔ اوں۔۔۔ سنائی دیتی رہی، ساتھ ساتھ خربوزوں کے چھلکوں اور آموں کے چچوڑنے کی چپڑ چپڑ آواز سکون کو توڑتی رہی۔

مکھیوں کی چہلوں سے دکھی ہوکر آخر بڑھیا پھڑ پھڑا ہی اٹھی، یہ مکھی ذات جی کے ساتھ لگی تھی۔ پیدا ہوتے ہی گھٹی کی چپچپاہٹ سونگھ کر جو مکھیاں منہ پر بیٹھنا شروع ہوئیں تو کیا سوتے کیا جاگتے بس آنکھ ناک اور ہونٹوں کی طرح یہ بھی جسم کا ایک عضو بن کر ساتھ ہی رہتی تھیں اور مکی تو نہ جانے سالہا سال سے اس کی دشمن ہوگئی تھی۔۔۔۔ جب لکھنؤ میں تھی جب کاٹا۔ پھر جب اناؤ گئی تو برسات میں پھر کاٹا۔۔۔ اولو سندیلہ میں بھی پیچھا نہ چھوڑا، اگر بڑھیا کو معلوم ہوتا کہ اسے اس کے جسم کے کون سے مخصوص حصے سے انس ہے۔ تو وہ ضرور وہ حصہ کاٹ کر مکھیوں کو دے دیتی مگر وہ تو ہر حصے پر ٹہلتی تھی، وہ کبھی کبھی غور سے اپنی خاص کنکھی مکھی کو دیکھتی۔ وہی چتلے پر، ٹیڑھی ٹانگیں اور مٹا سا سر۔ وہ بڑے تاک کر پنکھے کا جھپاکا مارتی۔۔۔ مکھی تنن نن کرکے رہ گئی۔۔۔

آہ معبود۔۔۔ اسے کتنا ارمان تھا کہ وہ کبھی تو اس مکھی کو مار سکے، لنگڑا ہی کردے، اس کا بازو مروڑ کر مرغی کی طرح مروڑ کر گڈی باندھ کر ڈال دے اور مزے سے پاندان کے ڈھکن پر رکھ کر تڑپتا دیکھے مگر خدا تو شائد اس مکھی سے بھی

شیطان کی طرح قول ہارے بیٹھا تھا۔ کہ بس ستائے جائے۔ اس کی ایک حقیر بندی کو نہ جانے اس میں کیا مزہ آتا تھا مگر اسے یقین تھا کہ اس دوزخی مکھی کا گریبان۔۔۔ اس مکھی کی فریاد ضرور قہار و جبار کے حضور میں لے کر جائے گی اور ضرور فرشتے انہیں خون پیپ پلا کر کانٹوں پر سلائیں گے۔ مگر پھر۔۔۔ یہ کیا مونڈ کاٹی مکھیاں بھی جنت میں جائیں گی اور ساری جنتی فضا مکدر ہو جائے گی۔۔۔ بڑھیا نے پنکھے کے تپور بنا کر چھپا چھپ اپنے منہ ہاتھوں اور سوکھے پیروں کو پیٹ ڈالا۔

"بہو۔۔۔ اے بہو۔۔۔ مر گئی کیا۔۔۔" وہ جل کر چلائی۔

اور بہو تڑپ کر کوٹھڑی سے نکلی۔۔۔ دوپٹہ ندارد۔۔۔ گریبان چاک ہاتھ میں آم کی گٹھلی۔ جیسے کسی سے کشتی لڑ رہی ہو۔ پھر فوراً لوٹ گئی اور دوپٹہ کندھوں پر ڈالے آنچل سے ہاتھ پونچھتی نکلی۔

"ارے بہو۔۔۔ میں کہتی ہوں۔۔۔ ارے بوند حلق میں پانی۔۔۔"

اصغر بھی شلوار کے پائنچے جھاڑتا کرتے کی پوٹلی سے گردن رگڑتا آیا۔

"لو اماں۔۔ کیا خوشبودار امیاں ہیں۔۔۔" اس نے بڑھیا کی گود میں پوٹلی ڈال کر کہا۔ اور کھٹولی پر آلتی پالتی مار کر بیٹھ گیا۔

بڑھیا آموں اور خربوزوں کو سونگھ سونگھ کر مکھیوں کی ناانصافی کو بھول گئی جو اب آموں کی بونڈیوں کا معائنہ کرنے کے لیے اس کی باچھوں سے اتر آئی تھیں۔۔۔

"اے بہو۔۔ چھری۔۔۔"

بہو نے گلاس دیتے ہوئے آموں کا رس ہونٹوں پر سے چاٹا۔ اصغر نے پیر

بڑھا کر بہو کی پنڈلی میں بکچا بھر لیا۔۔۔ پانی چھلکا۔۔۔ اور بڑھیا غرائی۔

"اندھی۔۔۔ میرے پاؤں پر اوندھائے دیتی ہے۔۔۔" اور ایسا کھینچ کر ہاتھ مارا کہ گلاس معہ بھاری پیندے کے بہو کے پیر پر۔۔۔ بہو نے دانت کچکچا کر اصغر کو گھورا۔ اور چل دی تنتناتی۔

"اماں لو پانی۔۔۔" اصغر نے فرمانبردار بیٹے کی طرح پیار سے کہا۔

"یہ بہو تو وہ بڑی ہو گئی۔"

"تمہیں دیکھو۔۔۔" بڑھیا نے شکایت کی۔

"نکال دے مار کر حرامزادی کو۔۔۔ اماں اب دوسری لائیں۔ یہ تو۔۔۔" اصغر نے پیار سے بہو کو دیکھ کر کہا۔

"اے زبان سنبھال کمینے۔۔۔" بڑھیا نے آم پلپلا کر کے کہا۔

"کیوں اماں۔۔۔" دیکھو نا کھا کھا کر بھینس ہو رہی ہے۔۔۔" اس نے بڑھیا کی آنکھ بچا کر کمر میں چٹکی بھر کے کہا۔ اور بہو نے چھری مارنے کی دھمکی دیتے ہوئے چھری بڑھیا کے گٹے پر پٹخ دی، جو تلملا گئی۔

"دیکھتی ہو اماں۔۔۔ اب ماروں چڑیل کو۔۔۔" اور لپک کر اصغر نے دیا دھموکا بہو کی پیٹھ پر اور فرمانبردار بیٹے کی طرح پھر آلتی پالتی مار کر بیٹھ گیا۔

"خبردار لو۔۔۔ اور سنو۔۔۔ ہاتھ توڑ کے رکھ دوں گی اب کے جو تو نے ہاتھ اٹھایا۔" بڑھیا غنیم کی طرفداری کرنے لگی۔۔۔ "کوئی لائی بھگائی ہے جو تو۔۔۔ اے میں کہتی ہوں پانی لا دے۔۔۔" اس نے پھر اسی دم بہو پر برسنا شروع کیا۔

بہو کھمبے سے لگ کر منہ تھوتھا کر بیٹھ گئی۔ اور گلاس سے زخمی ہوئے انگوٹھے کو

دبا دبا کر خون نکالنے لگی۔ بڑھیا مزے سے گٹھلیاں چھوڑا کی اور پھر شکر کا ڈبہ دیتے وقت کچھ ایسا بڑھیا کے پاؤں رکھا کہ خون سے لتھڑا انگوٹھا بڑھیا نے دیکھ ہی لیا۔

"اوئی۔۔۔ یہ خون کیسا۔۔۔؟" پر بہو روٹھ کر پھر کھمبے سے لگ کر بیٹھ گئی۔ اور خون بہنے دیا۔

"اے میں کہتی ہوں ادھر آ۔۔۔ دیکھوں تو خون کیسا ہے؟" بڑھیا نے پریشانی چھپا کر کہا۔

بہو ہلی بھی نہیں۔۔۔

"دیکھو تو کیسا جیتا جیتا خون نکل رہا ہے۔۔۔ اصغر اٹھ تو ذرا اس کے پیر پر ٹھنڈا پانی ڈال۔۔۔" ساس بھی گرگٹ ہوتی ہے۔

"میں تو نہیں ڈالتا۔۔۔" اصغر نے ناک سکیڑ کر کہا۔

"حرامزادے۔۔۔" بڑھیا خود گھسٹتی ہوئی اٹھی۔

"چل بیٹی پلنگ پر۔۔۔ اے میں کہتی ہوں یہ گلاس موا سوا سیر کا ہے اس کمینے سے کتنا کہا ہلکا المونیم کا لا دے۔۔۔ مگر وہ ایک حرام خور ہے لے اٹھ ذرا۔" بہو ٹس سے مس نہ ہوئی بلکہ کہنی آگے کو کر کے جھوٹ موٹ ناک دوپٹے سے پونچھنے لگی۔

"لا پانی ڈال صراحی میں سے۔۔۔" اور اصغر سینے پر پتھر رکھ کر اٹھا۔

بڑھیا سوکھے لرزتے ہاتھوں سے خون دھونے لگی مگر یہ معلوم کر کے کہ بجائے زخم پر پانی ڈالنے کے وہ بہو کے گریبان میں دھار ڈال رہی ہے اور بہو اس تاک میں ہے کہ قریب آتے ہی اصغر کا کان دانتوں سے چبا ڈالے وہ ایک دم بکھر گئی۔

"خاک پڑے تیری صورت پر۔۔۔" بڑھیا نے اصغر کے ننگے شانے پر سوکھے پنجے سے بدھیاں ڈال کر کہا اور اس نے ایک سسکی لے کر جل کر سارا پانی بہو پر لوٹ دیا اور خود روٹھ کر آم کھانے چلا گیا۔ ماں، بیٹے کے لیے ڈھائی گھڑی کی موت آنے کا ارمان کرنے لگی۔

"بدذات۔۔۔ ٹھہر جا۔۔۔ آنے دے۔۔۔ اپنے چچا کو وہ کھال ادھڑواتی ہوں کہ بس۔۔۔" بڑھیا نے میلی دھجی کی پٹی باندھ کر کہا۔

"بے بس۔۔۔ اب پلنگ پر لیٹ جا۔۔۔" بڑھیا نے زخم کو انتہائی خطرناک بنا کر کہا اور پھر بہو کے نہ ہلنے پر خود ہی بولی۔۔۔ "اے ہاں۔۔۔ لے اصغر بہو کو کھٹولی پر پہنچا دے۔۔۔"

"مجھ سے تو نہیں اٹھتی یہ موٹی بھینس کی بھینس۔۔۔" اصغر جلا کر بولا۔

"ارے تیرے تو باپ سے اٹھے گی۔ سنتا ہے کہ اب۔"

اور جب وہ پھر بھی بیٹھا رہا تو بڑھیا خود اٹھانے لگی۔

"اماں۔۔۔ میں آپ اٹھ جاؤں گی۔۔۔" بہو نے بڑھیا کی گدگدیوں سے گھبرا کر کہا۔

"نہیں بیٹی۔۔۔ میں۔۔۔" اور اس نے پھر اصغر کی طرف آنکھیں گھما کر دیکھا تو کہہ رہی ہے کہ ٹھہر جاؤ میاں دودھ نہ بخشوں اور بر نہ بخشوں۔

اصغر بھنا کر اٹھا۔ اور ایک جھپاکے سے بہو کو اٹھا کر چلا کھٹولی کی طرف۔ بہو نے موقع کی مناسبت سے فوراً فائدہ اٹھا کر اسی جگہ دانت گاڑ دیے جہاں ابھی ساس کا سوکھا پنجہ پڑا تھا۔

اور اصغر نے کچکچا کر اسے کھٹولی پر پٹخ دیا۔۔۔ اور اس کے سرخ سرخ ہونٹ چٹکی سے مسل دیے۔

بہو ناک چھپا چھپا کر فتح مندانہ طریقے پر ہنستی رہی اور اصغر اپنے نیل پڑے ہوئے کندھے کو سہلا سہلا کر غراتا رہا۔

ساس وضو کے آخری مرحلے طے کر رہی تھی اور آسمان کی طرف دیکھ دیکھ کر کچھ بڑبڑا رہی تھی۔۔۔

جانے کیا۔۔۔ شائد بے حیا بہو کو کوس رہی ہو گی۔

***

بھابی

بھابی بیاہ کر آئی تھی تو مشکل سے پندرہ برس کی ہو گی۔ بڑھوار بھی تو پوری نہیں ہوئی تھی۔ بھیا کی صورت سے ایسی لرزتی تھی جیسے قصائی سے گائے مگر سال بھر کے اندر ہی وہ تو جیسے منہ بند کلی سے کھل کر پھول بن گئی جسم بھر گیا۔ بال گھمیرے ہو گئے۔ آنکھوں میں ہرنوں جیسی وحشت دور ہو کر غرور اور شرارت بھر گئی۔

بھابی ذرا آزاد قسم کے خاندان سے تھی، کانوینٹ میں تعلیم پائی تھی۔ پچھلے سال اس کی بڑی بہن ایک عیسائی کے ساتھ بھاگ گئی تھی۔ اس لیے اس کے ماں باپ نے ڈر کے مارے جلدی سے اسے کانوینٹ سے اٹھایا اور چٹ پٹ شادی کر دی۔

بھابی آزاد فضا میں پلی تھی۔ ہرنیوں کی طرح قلانچیں بھرنے کی عادی تھی مگر سسرال اور میکہ دونوں طرف سے اس پر کڑی نگرانی تھی اور بھیا کی بھی یہی کوشش تھی کہ اگر جلدی سے اسے پکی گھر ہستن نہ بنا دیا گیا تو وہ بھی اپنی بڑی بہن کی طرح کوئی گل کھلائے گی، حالانکہ وہ شادی شدہ تھی۔ لہٰذا اسے گھر ہستن بنانے پر جٹ گئے۔

چار پانچ سال کے اندر بھابی کو گھس گھسا کر واقعی سب نے گھر ہستن بنا دیا۔ وہ تین بچوں کی ماں بن کر بھدی اور ٹھس ہو گئی۔ اماں اسے خوب مرغی کا شوربا، گونڈ سٹورے کھلاتیں۔ بھیا ٹانک پلاتے اور ہر بچے کے بعد وہ دس پندرہ پونڈ بڑھ جاتی۔

آہستہ آہستہ اس نے بننا سنورنا چھوڑ ہی دیا تھا۔ بھیا کو لپ اسٹک سے نفرت تھی۔ آنکھوں میں منوں کاجل اور مسکارا دیکھ کر وہ چڑ جاتے۔ بھیا کو بس گلابی رنگ پسند تھا یا پھر سرخ۔۔۔ بھابی زیادہ تر گلابی یا سرخ ہی کپڑے پہنا کرتی تھی۔ گلابی ساڑھی پر سرخ بلاؤز یا کبھی گلابی کے ساتھ ہلکا گہرا گلابی۔

شادی کے وقت اس کے بال کٹے ہوئے تھے۔ مگر دولہن بناتے وقت ایسے تیل چپڑ کر باندھے گئے تھے، لیکن پتہ نہیں چلتا تھا کہ وہ پرکٹی میم ہے اب اس کے بال تو بڑھ گئے تھے، لیکن پے در پے بچے ہونے کی وجہ سے وہ ذرا گنجی سی ہو گئی تھی۔ ویسے بھی وہ بال کس کر میلی دھجی ہی باندھ لیا کرتی تھی۔ اس کے میاں کو وہ میلی کچیلی ایسی ہی بڑی پیاری لگتی تھی اور میکے سسرال والے بھی اس کی سادگی کو دیکھ کر اس کی تعریفوں کے گن گاتے تھے۔ بھابی تھی بڑی پیاری سی، سجیل نقشہ مکھن جیسی رنگت، سڈول ہاتھ، پاؤں۔ مگر اس نے اس بری طرح اپنے آپ کو ڈھیلا چھوڑ دیا تھا کہ خمیرے آٹے کی طرح بہہ گئی تھی۔

بھیا اس سے نو برس بڑے تھے مگر اس کے سامنے لونڈے سے لگتے تھے۔ ویسے ہی سڈول کسرتی بدن والے، روز ورزش کرتے، بڑی احتیاط سے کھانا کھاتے بڑے حساب سے سگریٹ پیتے۔ یونہی کبھی وہسکی بیئر چکھ لیتے۔ ان کے چہرے پر اب لڑکپن تھا۔ تھے بھی تیس اکتیس برس کے۔ مگر چوبیس پچیس برس کے ہی لگتے

تھے۔

اف بھیا کو جین اور اسکرٹ سے کیسی نفرت تھی۔ انہیں یہ نئے فیشن کی بے استنبول کی بدن پر چپکی ہوئی قمیص سے بھی بڑی گھن آتی تھی۔ تنگ موری کی شلواروں سے تو وہ ایسے جلتے تھے کہ توبہ خیر، بھابی بے چاری تو شلوار قمیض کے قابل رہ ہی نہیں گئی تھی۔ وہ تو بس زیادہ تر بلاؤز اور پیٹی کوٹ پر ڈریسنگ گاؤن چڑھائے گھوما کرتی۔ کوئی نئی جان پہچان والا آجاتا تو بھی بے تکلفی سے وہی اپنا نیشنل ڈریس پہنے رہتی۔ کوئی پر تکلف مہمان آتا تو عموماً وہ اندر ہی بچوں سے سر مارا کرتی جو کبھی باہر آنا پڑتا تو ملگجی سی ساڑھی لپیٹ لیتی۔ وہ گھر ہستن تھی، بہو تھی اور چہیتی تھی، اسے رنڈیوں کی طرح بن سنور کر کسی کو لبھانے کی کیا ضرورت تھی۔

اور بھابی شاید یونہی گوڈر بنی ادھیڑ اور پھر بوڑھی ہو جاتی۔ بہوئیں بیاہ کر لاتی جو صبح اٹھ کر اسے جھک کر سلام کرتیں، گود میں پوتا کھلانے کو دیتیں۔ مگر خدا کو کچھ اور ہی منظور تھا۔

شام کا وقت تھا ہم سب لان میں بیٹھے چائے پی رہے تھے۔ بھابی پاپڑ تلنے باورچی خانہ میں گئی تھی۔ باورچی نے پاپڑ لال کر دیے بھیا کو بادامی پاپڑ بھاتے ہیں۔ انہوں نے پیار سے بھابی کی طرف دیکھا اور وہ جھٹ اٹھ کر پاپڑ تلنے چلی گئی۔ ہم لوگ مزے سے چائے پیتے رہے۔ ہائے بھابی تھی کہ فرشتہ میں تو کالج سے آکر باورچی خانہ میں جانے پر کسی طرح مجبور ہی نہیں کی جا سکتی تھی اور نہ ہی میرا شام کو پر تکلف لباس باورچی خانہ کے لیے موزوں تھا۔ اس کے علاوہ مجھے پاپڑ تلنے ہی کب آتے تھے۔ دوسری بہنیں بھی میری قطار میں کھڑی تھیں۔ فریدہ کا منگیتر آیا تھا۔ وہ

اسکی طرف جٹی ہوئی تھی، رضیہ اور شمیم اپنے دوستوں کے ساتھ گپیں لڑانے میں مصروف تھیں۔ وہ کیا پاپڑ تلتیں۔ اور ہم سب تو بابل کے آنگن کی چڑیاں تھیں اور اڑنے کے لیے پر تول رہی تھیں۔

دھائیں سے فٹ بال آکر عین بھیا کی پیالی میں پڑی۔ ہم سب اچھل پڑے۔ بھیا مارے غصہ کے بھنا اٹھے۔

"کون پاجی ہے؟" انہوں نے جدھر سے گیند آئی تھی ادھر منہ کر کے ڈانٹا۔

بکھرے ہوئے بالوں کا گول مول سر اور بڑی بڑی آنکھیں اوپر سے جھانکیں۔ ایک زقند میں بھیا منڈیر پر تھے اور مجرم کے بال ان کی گرفت میں۔

"اوہ!" ایک چیخ گونجی اور دوسرے لمحے بھیا ایسے اچھل کر الگ ہو گئے جیسے انہوں نے بچھو کے ڈنگ پر ہاتھ ڈال دیا ہو یا انگارہ پکڑ لیا ہو۔

"سوری۔۔۔ آئی ایم ویری سوری۔۔۔" وہ ہکلا رہے تھے۔ ہم سب دوڑ کر گئے۔ دیکھا تو منڈیر کے اس طرف ایک دبلی پتلی ناگن سی لڑکی سفید ڈرین پائپ اور نیبو کے رنگ کا سلیو لیس بلاؤز پہنے اپنے میر لین منرو کی طرح کٹے ہوئے بالوں میں پتلی پتلی انگلیاں پھیر کر کھسیانی ہنسی ہنس رہی تھی اور پھر ہم سب ہنسنے لگے۔

بھابی پاپڑوں کی پلیٹ لیے اندر سے نکلی اور بغیر پوچھے گچھے یہ سمجھ کر ہنسنے لگی کہ ضرور کوئی ہنسنے کی بات ہوئی ہو گی۔ اس کا ڈھیلا ڈھالا پیٹ ہنسنے میں پھدکنے لگا اور جب اسے معلوم ہوا کہ بھیا نے شبنم کو لونڈا سمجھ کر اس کے بال پکڑ لیے تو وہ اور بھی زور زور سے قہقہے لگانے لگی کہ کئی پاپڑ کے ٹکڑے گھاس پر بکھر گئے۔ شبنم نے بتایا کہ وہ اسی دن اپنے چچا خالد جمیل کے ہاں آئی ہے۔ اکیلے جی گھبرایا تو فٹ بال ہی

لڑھکانے لگی جو قسمت سے بھیاجی کی پیالی پر آن کودی۔

شبنم بھیا کو اپنی تیکھی مسکارہ لگی آنکھوں سے گھور رہی تھی۔ بھیا مسحور سناٹے میں اسے تک رہے تھے۔ ایک کرنٹ ان دونوں کے درمیان دوڑ رہا تھا۔ بھابھی اس کرنٹ سے کٹی ہوئی جیسے کوسوں دور کھڑی تھی۔ اس کا پھدکتا ہوا پیٹ سہم کر رک گیا۔ ہنسی نے اس کے ہونٹوں پر لڑکھڑا کر دم توڑ دیا۔ اس کے ہاتھ ڈھیلے ہو گئے۔ پلیٹ ٹیڑھی ہو کر پاپڑ گھاس پر گرنے لگے۔ پھر ایک دم وہ دونوں جاگ پڑے اور خوابوں کی دنیا سے لوٹ آئے۔ شبنم پھدک کر منڈیر پر چڑھ گئی۔

"آیئے چائے پی لیجیے"، میں نے ٹھہری ہوئی فضا کو دھکا دے کر آگے کھسکایا۔

ایک لچک کے ساتھ شبنم نے اپنے پیر منڈیر کے اس پار سے اس پار جھلائے۔ سفید چھوٹے چھوٹے مکاسن ہری گھاس پر فاختہ کے جوڑے کی طرح ٹھمکنے لگے۔ شبنم کا رنگ پگھلے ہوئے سونے کی طرح لو دے رہا تھا۔ اس کے بال سیاہ بھونرا تھے۔ مگر آنکھیں جیسے سیاہ کٹوریوں میں کسی نے شہد بھر دیا ہو۔ نیبو کے رنگ کے بلاؤز کا گلا بہت گہرا تھا۔ ہونٹ تربوزی رنگ کے اور اسی رنگ کی نیل پالش لگائے وہ بالکل کسی امریکی اشتہار کی ماڈل معلوم ہو رہی تھی۔ بھابی سے کوئی فٹ بھر لانبی لگ رہی تھی حالانکہ مشکل سے دو انچ اونچی ہو گی۔ اس کی ہڈی بڑی نازک تھی۔ اس لیے کمر تو ایسی کہ چھلے میں پرولو۔

بھیا کچھ گم سم سے بیٹھے تھے۔ بھابی انہیں ایسے تاک رہی تھی۔ جیسے بلی پر تولتے ہوئے پرندے کو گھورتی ہے کہ جیسے ہی پر پھڑپھڑائے بڑھ کر دبوچ لے۔ اس کا چہرہ تمتما رہا تھا۔ ہونٹ بھنچے ہوئے تھے۔ نتھنے پھڑپھڑا رہے تھے۔

اتنے میں منا آکر اس کی پیٹھ پر دھم سے کودا۔ وہ ہمیشہ اس کی پیٹھ پر ایسے کودا کرتا تھا جیسے وہ گدگدا سا تکیہ ہو۔ بھابی ہمیشہ ہی ہنس دیا کرتی تھی۔ مگر آج اس نے چٹاخ پٹاخ دو چار چانٹے جڑ دیے۔

شبنم پریشان ہو گئی۔

"ارے ارے۔۔۔ روکئے نا۔۔۔" اس نے بھیا کا ہاتھ چھو کر کہا، "بڑی غصہ ور ہیں آپ کی ممی۔" اس نے میری طرف منہ پھیر کر کہا۔

انٹروڈکشن ہماری سوسائٹی میں بہت کم ہوا کرتا ہے اور پھر بھابی کا کسی سے انٹروڈکشن کرانا عجیب سا لگتا تھا۔ وہ تو صورت سے ہی گھر کی بہو لگتی تھی۔ شبنم کی بات پر ہم سب قہقہہ مار کر ہنس پڑے۔ بھابی منے کا ہاتھ پکڑ کر گھسیٹتی ہوئی اندر چل دی۔

"ارے یہ تو ہماری بھابی ہے۔" میں نے بھابی کو دھم دھم جاتے ہوئے دیکھ کر کہا، "بھابی؟" شبنم حیرت زدہ ہو کر بولی۔ "ان کی بھیا کی بیوی۔"

"اوہ۔۔۔" اس نے سنجیدگی سے اپنی نظریں جھکا لیں۔ "میں میں سمجھی!" اس نے بات ادھوری چھوڑ دی۔

"بھابی کی عمر تیئس سال ہے۔" میں نے وضاحت کی۔

"مگر ڈونٹ بی سلی۔۔۔" شبنم ہنسی۔۔۔ بھیا بھی اٹھ کر چل دیے۔

"خدا کی قسم۔"

"اوہ۔۔۔ جہالت۔۔۔"

"نہیں۔۔۔ بھابی نے مارٹیز سے پندرہ سال کی عمر میں سینئر کیمرج کیا تھا۔"

"تمہارا مطلب ہے۔ یہ مجھ سے تین سال چھوٹی ہیں۔ میں چھبیس سال کی ہوں۔"

"تب تو قطعی چھوٹی ہیں۔"

اف اور میں سمجھی وہ تمہاری ممی ہیں۔ دراصل میری آنکھیں کمزور ہیں۔ مگر مجھے عینک سے نفرت ہے۔ برا لگا ہوگا انہیں۔"

"نہیں بھابی کو کچھ برا نہیں لگتا۔"

"چہ۔۔۔ بیچاری۔۔۔"

کون "کون۔۔۔ بھائی۔" نا جانے میں نے کیوں کہا۔

"بھیا اپنی بیوی پر جان دیتے ہیں۔" صفیہ نے بطور وکیل کہا۔

"بیچارے کی بہت بچپن میں شادی کر دی گئی ہوگی۔"

"پچیس چھبیس سال کے تھے۔"

"مگر مجھے تو معلوم بھی نہ تھا کہ بیسویں صدی میں بغیر دیکھے شادیاں ہوتی ہیں"، شبنم نے حقارت سے مسکرا کر کہا۔

"تمہارا ہر اندازہ غلط نکل رہا ہے۔۔۔ بھیا نے بھابی کو دیکھ کر بیحد پسند کر لیا تھا۔ تب شادی ہوئی تھی۔ مگر جب وہ کنول کے پھول جیسی نازک اور حسین تھیں۔"

"پھر یہ کیا ہو گیا شادی کے بعد؟"

"ہوتا کیا۔۔۔ بھابی اپنے گھر کی ملکہ ہیں بچوں کی ملکہ ہیں۔ کوئی فلم ایکٹریس تو ہیں نہیں۔ دوسرے بھیا کو سوکھی ماری لڑکیوں سے گھن آتی ہے۔" میں نے جان کر شبنم پر چوٹ کی۔ وہ بے وقوف نہ تھی۔

بھئی چاہے مجھ سے کوئی پیار کرے یا نہ کرے۔ میں تو کسی کو خوش کرنے کے لیے ہاتھی کا بچہ کبھی نہ بنوں۔۔۔ اوہ معاف کرنا تمہاری بھابی کبھی بہت خوبصورت ہوں گی مگر اب تو۔۔۔"

"اُنہہ، آپ کا نکتہ نظر بھیا سے مختلف ہے۔ میں نے بات ٹال دی اور جب وہ بل کھاتی سیدھی سڈول ٹانگوں کو آگے پیچھے جھلاتی ننھے ننھے قدم رکھتی منڈیر کی طرف جا رہی تھی۔ بھیا برآمدے میں کھڑے تھے۔ ان کا چہرہ سفید پڑ گیا تھا۔ اور بار بار اپنی گدی سہلا رہے تھے۔ جیسے کسی نے وہاں جلتی ہوئی آگ رکھ دی ہو۔ چڑیا کی طرح پھدک کر وہ منڈیر پر پھلانگ گئی۔ پل بھر کو پلٹ کر اس نے اپنی شربتی آنکھوں سے بھیا کو تولا اور چھلاوہ کی طرح کوٹھی میں غائب ہو گئی۔

بھابی لان پر جھکی ہوئی بالیں سمیٹ رہی تھی۔ مگر اس نے ایک نظر نہ آنے والا تار دیکھ لیا۔ جو بھیا جی اور شبنم کی نگاہوں کے درمیان دوڑ رہا تھا۔

ایک دن میں نے کھڑکی میں سے دیکھا۔ شبنم پھولا ہوا اسکرٹ اور سفید کھلے گلے کا بلاؤز پہنے پپو کے ساتھ سمبا ناچ رہی تھی اس کا ننھا سا پکنیز کتا ٹانگوں میں الجھ رہا تھا۔ وہ اونچے اونچے قہقہے لگا رہی تھی۔ اس کی سڈول سانولی ٹانگیں ہری ہری گھاس پر تھرک رہی تھیں۔ سیاہ ریشمی بال ہوا میں چھلک رہے تھے۔ پانچ سال کا پپو بندر کی طرح پھدک رہا تھا۔ مگر وہ نشیلی ناگن کی طرح لہرا رہی تھی۔ اس نے ناچتے ناچتے ناک پر انگوٹھا رکھ کر مجھے چڑایا۔ میں نے جواب میں گھونسا دکھا دیا۔ مگر فوراً ہی مجھے اس کی نگاہوں کا پیچھا کر کے معلوم ہوا یہ اشارہ وہ میری طرف نہیں کر رہی تھی۔ بھیا برآمدے میں احمقوں کی طرح کھڑے گدی سہلا رہے تھے۔ اور وہ انہیں منہ

چڑا کر جلا رہی تھی۔ اس کی کمر پر بل پڑ رہے تھے۔ کولہے مٹک رہے تھے۔ بانہیں تھر تھرا رہی تھیں۔ ہونٹ ایک دوسرے سے جدا لرز رہے تھے۔ اس نے سانپ کی طرح لپ سے زبان نکال کر اپنے ہونٹ کو چاٹا۔ بھیا کی آنکھیں چمک رہی تھیں اور وہ کھڑے دانت نکال رہے تھے۔ میرا دل دھک سے رہ گیا۔۔۔ بھابی گودام میں اناج تلوا کر باورچی کو دے رہی تھی۔

"شبنم کی بچی۔۔۔" میں نے دل میں سوچا۔۔۔ مگر غصہ مجھے بھیا پر بھی آیا۔ انہیں دانت نکالنے کی کیا ضرورت تھی۔ انہیں تو شبنم جیسی کرنٹیوں سے نفرت تھی۔ انہیں تو انگریزی ناچوں سے گھن آتی تھی۔ پھر وہ کیوں کھڑے اسے تک رہے ہیں اور ایسی بھی کیا بے سدھی کہ ان کا جسم سنبا کی تال پر لرز رہا تھا اور انہیں خبر نہ تھی۔

اتنے میں بوائے چائے کی ٹرے لے کر لان پر آگیا۔۔۔ بھیا نے ہم سب کو آواز دی اور بوائے سے کہا بھابی کو بھیج دے۔

رسماً شبنم کو بلاوا دینا پڑا۔ میرا تو جی چاہ رہا تھا قطعی اس کی طرف سے منہ پھیر کر بیٹھ جاؤں مگر جب وہ منے کو بڈھی پر چڑھائے منڈیر پھلانگ کر آئی تو نہ جانے کیوں مجھے وہ قطعی معصوم لگی، منا سکارف لگاموں کی تھامے ہوئے تھا اور وہ گھوڑے کی چال اچھلتی ہوئی لان پر دوڑ رہی تھی۔ بھیا نے منے کو اس کی پیٹھ سے اتارنا چاہا مگر وہ چمٹ گیا۔

"ابھی اور گھوڑا چلے آنٹی۔"

"نہیں بابا۔۔۔ آنٹی میں دم نہیں۔۔۔" شبنم چلائی۔ بڑی مشکل سے منے کو

بھیا نے اتارا۔ منہ پر ایک چانٹا لگایا ایک دم تڑپ کر شبنم نے اسے گود میں اٹھالیا اور بھیا کے ہاتھ پر زور کا تھپڑ لگایا۔

"شرم نہیں آتی۔۔۔ اتنے بڑے اونٹ کے اونٹ ذرا سے بچے پر ہاتھ اٹھاتے ہیں۔" بھابی کو آتا دیکھ کر اس نے منے کو ان کی گود میں دے دیا۔ اس کا چانٹا کھا کر بھیا مسکرا رہے تھے۔

"دیکھیے تو کتنی زور سے تھپڑ مارا ہے۔ میرے بچے کو کوئی مارتا تو ہاتھ توڑ کر رکھ دیتی"، اس نے شربت کی کٹوریوں میں زہر گھول کر بھیا کو دیکھا۔ "اور پھر ہنس رہے ہیں بے حیا۔"

"ہوں۔ دم بھی ہے۔۔۔ جو ہاتھ توڑو گی۔۔۔" بھیا نے اس کی کلائی مروڑی۔ وہ بل کھا کر اتنی زور سے چیخی کے بھیا نے لرز کر اسے چھوڑ دیا اور وہ ہنستے ہنستے زمین پر لوٹ گئی۔ چائے کے درمیان بھی شبنم کی شرارتیں چلتی رہیں وہ بالکل کم سن چوکھریوں کی طرح چہلیں کر رہی تھی۔ بھابی گم سم بیٹھی تھیں۔ آپ سمجھے ہوں گے۔ شبنم کے وجود سے ڈر کر انہوں نے کچھ اپنی طرف توجہ دینی شروع کر دی ہو گی۔ جی قطعی نہیں۔ وہ تو پہلے سے بھی زیادہ میلی رہنے لگیں۔ پہلے سے بھی زیادہ کھاتیں۔ ہم سب تو ہنس زیادہ رہے تھے۔ مگر وہ سر جھکائے نہایت انہماک سے کیک اڑانے میں مصروف تھیں۔ چٹنی لگا لگا کر بھجیئے نگل رہی تھیں۔ سکے ہوئے توسوں پر ڈھیر سا مکھن اور جبل تھوپ گردے کھائے جا رہی تھیں، بھیا اور شبنم کو دیکھ دیکھ کر ہم سب ہی پریشان تھے اور شاید بھابی فکر مند ہو گی وہ اپنی پریشانی کو مرغن کھانوں میں دفن کر رہی تھیں۔ انہیں ہر وقت کھٹی ڈکاریں آیا کرتیں مگر وہ چورن

کھا کھا کر پلاؤ قورمہ ہضم کرتیں۔ وہ سہمی سہمی نظروں سے بھیاجی اور شبنم کو ہنستا بولتا دیکھتیں۔ بھیا تو کچھ اور بھی لونڈے لگنے لگے تھے۔ شبنم کے ساتھ وہ صبح وہ شام سمندر میں تیرتے۔ بھابی اچھا بھلا تیرنا جانتی۔ مگر بھیا کو سوئمنگ سوٹ پہنی عورتوں سے بہت نفرت تھی۔ ایک دن ہم سب سمندر میں نہا رہے تھے۔ شبنم دو دھجیاں پہنے ناگن کی طرح پانی میں بل کھا رہی تھی۔ اتنے میں بھابی جو دیر سے منے کو پکار رہی تھیں، آگئیں۔ بھیا شرارت کے موڈ میں تو تھے ہی، دوڑ کر انہیں پکڑ لیا اور ہم سب نے مل کر انہیں پانی میں گھسیٹ لیا۔

جب سے شبنم آئی تھی۔ بھیا بہت شریر ہو گئے تھے۔ ایک دم سے وہ دانت کچکچا کر بھابی کو ہم سب کے سامنے بھینچ لیتے۔ انہیں گود میں اٹھانے کی کوشش کرتے۔ مگر وہ ان کے ہاتھوں میں سے بونبل مچھلی کی طرح پھسل جاتیں۔ پھر وہ کھسیا کر رہ جاتے، جیسے تخیل میں وہ شبنم ہی کو اٹھا رہے تھے اور بھابی کٹی گائے کی طرح نادم ہو کر فوراً پڈنگ یا کوئی اور مزے دار ڈش تیار کرنے چلی جاتیں۔ اس وقت جو انہیں پانی میں دھکیلا گیا تو وہ گٹھڑی کی طرح لڑھک گئیں۔ ان کے کپڑے جسم پر چپک گئے اور ان کے جسم کا سارا بھونڈا پن بھیانک طریقہ پر ابھر آیا۔ کمر پر جیسے کسی نے توشک لپیٹ دی تھی۔ کپڑوں میں وہ اتنی بھیانک نہیں معلوم ہوتی تھیں۔

"اوہ کتنی موٹی ہو گئی ہو تم"۔ بھیا نے ان کے کولہے کا بوٹا پکڑ کر کہا۔ اف توند تو دیکھو۔۔۔ بالکل گاما پہلوان معلوم ہو رہی ہو۔"

"ہنہ۔۔۔ چار بچے ہونے کے بعد کمر۔۔۔"

"میرے بھی تو چار بچے ہیں۔۔۔ میری کمر تو ڈنلو پلو کا گدا نہیں بنی"، انہوں نے اپنے سڈول جسم کو ٹھوک بجا کر کہا اور بھابی منہ تھوتھائے بھیگی مرغی کی طرح پیر مارتی جھر جھریاں لیتی ریت میں گہرے گہرے گڈھے بناتی منے کو گھسیٹتی چلی گئیں۔ بھیا بالکل بے توجہ ہو کر شبنم کو پانی میں ڈبکیاں دینے لگے۔ مگر وہ کہاں ہاتھ آنے والی تھی۔ ایسا اڑنگا لگایا کہ غڑاپ سے اوندھے منہ گر پڑے۔

جب نہا کر آئے تو بھابی سر جھکائے خوبانیوں کے مربہ پر کریم کی تہہ جمارہی تھیں، ان کے ہونٹ سفید ہو رہے تھے اور آنکھیں سرخ تھیں۔ گٹا رچہ کی گڑیاں جیسے موٹے موٹے گال اور سوجے ہوئے معلوم ہو رہے تھے۔

لنچ پر بھابی بے انتہا غمگین تھیں۔ لٰہذا بڑی تیزی سے خوبانیوں کا مربہ اور کریم کھانے پر جٹی ہوئی تھیں۔ شبنم نے ڈش کی طرف دیکھ کر ایسے پھریری لی جیسے خوبانیاں نہ ہوں سانپ بچھو ہوں۔

"زہر ہے زہر!" اس نے نفاست سے ککڑی کا ٹکڑا کترتے ہوئے کہا۔ اور بھیا بھابی کو گھورنے لگے۔ مگر وہ شپاشپ مربہ اڑاتی رہیں۔

"حد ہے!" انہوں نے نتھنے پھڑکا کر کہا۔

بھابی نے کوئی دھیان نہ دیا اور قریب قریب پوری ڈش پیٹ میں انڈیل لی۔ انہیں مربہ سپوڑتے دیکھ کر ایسا معلوم ہوتا تھا جیسے وہ رشک و حسد کے طوفان کو روکنے کے لیے بند باندھ رہی ہوں۔ یہ کریم چوبی کی چٹانوں کی صورت میں ان کے جسم کے قلعے کو ناقابل تسخیر بنادے گی۔ پھر شاید دل میں یوں ٹیسیں نہ اٹھیں گی۔ بھیاجی اور شبنم کی مسکراتی ہوئی آنکھوں کے ٹکراؤ سے بھڑکنے والے شعلے ان

پتھریلی دیواروں کو نہ پگھلا سکیں گے۔

"خدا کے لیے بس کرو۔۔۔ڈاکٹر بھی منع کر چکا ہے ایسا بھی کیا چٹورپن"، بھیا نے کہہ ہی دیا، موم کی دیوار کی طرح بھابی پگھل گئیں۔ بھیا کا نشتر چربی کی دیواروں کو چیرتا ہوا ٹھیک دل میں اتر گیا۔ موٹے موٹے آنسو بھابی کے پھولے ہوئے گالوں پر پھسلنے لگے۔ سسکیوں نے جسم کے ڈھیر میں زلزلہ پیدا کر دیا۔ دبلی پتلی اور نازک لڑکیاں کس لطیف اور سہانے انداز میں روتی ہیں۔ مگر بھابی کو روتے دیکھ کر بجائے دکھ کے ہنسی آتی تھی جیسے کوئی روئی کے بھیگے ہوئے ڈھیر کو ڈنڈوں سے پیٹ رہا ہو۔

وہ ناک پونچھتی ہوئی اٹھنے لگیں مگر ہم لوگوں نے روک لیا اور بھیا کو ڈانٹا، خوشامد کر کے واپس انہیں بٹھالیا۔ بیچاری ناک سڑکاتی بیٹھ گئیں۔ مگر جب انہوں نے کافی میں تین چمچ شکر ڈال کر کریم کی طرف ہاتھ بڑھایا تو ایک دم ٹھٹھک گئیں۔ سہمی ہوئی نظروں سے شبنم اور بھیا کی طرف دیکھا۔ شبنم بمشکل اپنی ہنسی روکے ہوئے تھی، بھیا مارے غصہ کے روہانسے ہو رہے تھے۔ وہ ایک دم بھنا کر اٹھے اور جا کر برآمدے میں بیٹھ گئے۔ اس کے بعد حالات اور بگڑے۔ بھابی نے کھلم کھلا اعلان جنگ کر دیا۔ کسی زمانے میں بھابی کا پٹھانی خون بہت گرم تھا۔ ذرا سی بات پر ہاتھا پائی پر اتر آیا کرتی تھیں اور بارہا بھیا سے غصہ ہو کر بجائے منہ پھیلانے کے وہ خونخوار بلی کی طرح ان پر ٹوٹ پڑتیں، ان کا منہ کھسوٹ ڈالتیں۔ دانتوں سے گریبان کی دھجیاں اڑا دیتیں۔ پھر بھیا انہیں اپنی بانہوں میں جکڑ کر بے بس کر دیتے اور وہ ان کے سینے سے لگ کر پیاسی ڈری ہوئی چڑیا کی طرح پھوٹ پھوٹ کر رونے لگتیں پھر ملاپ ہو جاتا اور جھینپی کھسیانی وہ بھیا کے منہ پر لگے ہوئے کھرونچوں پر

پیار سے ٹنکچر لگا دیتیں۔ ان کے گریبان کو رفو کر دیتیں۔ اور میٹھی میٹھی شکر گزار آنکھوں سے انہیں تکتی رہتیں۔

یہ تب کی بات ہے جب بھابی ہلکی پھلکی تیتری کی طرح طرار تھیں، لڑتی ہوئی چھوٹی سی پشمی بلی معلوم ہوتی تھیں۔ بھیا کو ان پر غصہ آنے کے بجائے اور شدت سے پیار آتا۔ مگر جب ان پر گوشت نے جہاد بول دیا تھا، وہ بہت ٹھنڈی پڑ گئی تھیں۔ انہیں اول تو غصہ ہی نہ آتا اور اگر آتا بھی تو فوراً ادھر ادھر کام میں لگ کر بھول جاتیں۔

اس دن انہوں نے اپنے بھاری بھرکم ڈیل کو بھول کر بھیا پر حملہ کر دیا۔ بھیا صرف ان کے بوجھ سے دھکا کھا کر دیوار سے جا چپکے۔ روئی کے گٹھڑ کو یوں لڑھکتے دیکھ کر انہیں سخت گھن آئی۔ نہ غصہ ہوئے، نہ بگڑے، شرمندہ اداس سر جھکائے کمرے سے نکل بھاگے۔ بھابی وہیں پسر کر رونے لگیں۔

بات اور بڑھی اور ایک دن بھیا کے سالے آکر بھابی کو لے گئے۔ طفیل، بھابی کے چچازاد بھائی تھے۔ انہیں دیکھ کر وہ بچوں کی طرح ان سے لپٹ کر رونے لگیں۔ انہوں نے بھابی کو پانچ سال بعد دیکھا تھا۔ وہ گول گیند کو دیکھ کر تھوڑی دیر کے لیے سٹ پٹائے پھر انہوں نے بھابی کو ننھی بچی کی طرح سینے سے لگالیا۔ بھیا اس وقت شبنم کے ساتھ کرکٹ کا میچ دیکھنے گئے ہوئے تھے۔ طفیل نے شام تک ان کا انتظار کیا۔ وہ نہ آئے تو مجبوراً بھابی اور بچوں کا سامان تیار کیا گیا۔ جانے سے پہلے بھیا گھڑی بھر کو کھڑے کھڑے آئے۔

"دہلی کے مکان میں نے ان کے مہر میں دیے"، انہوں نے رکھائی سے طفیل

سے کہا۔

"مہر؟" بھابی تھر تھر کانپنے لگی۔"

"ہاں۔۔۔ طلاق کے کاغذات وکیل کے ذریعہ پہنچ جائیں گے۔"

"مگر طلاق۔۔۔ طلاق کا کیا ذکر ہے؟"

"اسی میں بہتری ہے۔"

"مگر۔۔۔ بچے۔۔۔؟"

"یہ چاہیں تو انہیں لے جائیں۔۔۔ ورنہ میں نے بورڈنگ میں انتظام کر لیا ہے۔"

ایک چیخ مار کر بھابی بھیا پر جھپٹیں۔۔۔ مگر انہیں کھسوٹنے کی ہمت نہ پڑی سہم کر ٹھٹھک گئیں۔

اور پھر بھابی نے اپنی نسوانیت کی پوری طرح بے آبروئی کر ڈالی۔ وہ بھیا کے پیروں پر لوٹ گئیں ناک رگڑ ڈالی۔

"تم اس سے شادی کر لو۔۔۔ میں کچھ نہ کہوں گی۔ مگر خدا کے لیے مجھے طلاق نہ دو۔ میں یوں ہی زندگی گزار دوں گی۔ مجھے کوئی شکایت نہ ہو گی۔"

مگر بھیا نے نفرت سے بھابی کے تھل تھل کرتے ہوئے جسم کو دیکھا اور منہ موڑ لیا۔

"میں طلاق دے چکا۔ اب۔۔۔ کیا ہو سکتا ہے۔"

مگر بھابی کو کون سمجھاتا۔ وہ بلبلائے چلی گئیں۔

"بے وقوف۔۔۔" طفیل نے ایک ہی جھٹکے میں بھابی کو زمین سے اٹھا لیا،

"گدھی کہیں کی، چل اٹھ۔۔۔" اور وہ اسے گھسیٹتے ہوئے لے گئے۔

کیا دردناک سماں تھا۔ بچے پھوٹ پھوٹ کر رونے میں ہم بھابی کا ساتھ دے رہے تھے۔ اماں خاموش ایک ایک کا منہ تک رہی تھیں۔ ابا کی موت کے بعد ان کی گھر میں کوئی حیثیت نہیں رہ گئی تھی۔ بھیا خود مختار تھے بلکہ ہم سب کے سرپرست تھے۔ اماں انہیں بہت سمجھا کر ہار چکی تھیں انہیں اس دن کی اچھی طرح خبر تھی۔ مگر کیا کر سکتی تھیں۔

بھابی چلی گئیں۔۔۔ فضا ایسی خراب ہوگئی تھی کہ بھیا اور شبنم بھی شادی کے بعد ہل اسٹیشن پر چلے گئے۔

سات آٹھ سال گزر گئے کچھ کم و بیش ٹھیک اندازہ نہیں، ہم سب اپنے اپنے گھروں کی ہوئیں۔ اماں کا انتقال ہو گیا۔ ابا کی موت کے بعد وہ بالکل گم سم ہو کر رہ گئی تھیں۔ انہوں نے بھابی کی طلاق پر بہت رونا پیٹنا مچایا۔ مگر بھیا کے مزاج سے وہ واقف تھیں۔ وہ کبھی ابا کی بھی نہیں سنتے تھے۔ کماؤ پوت اپنا مالک ہوتا ہے۔

آشیانہ اجڑ گیا۔ بھرا ہوا گھر سنسان ہو گیا۔ سب ادھر ادھر اڑ گئے سات آٹھ سال آنکھ جھپکتے نہ جانے کہاں گم ہو گئے کبھی سال دو سال میں بھیا کی کوئی خیر خبر مل جاتی۔ وہ زیادہ تر ہندوستان سے باہر ملکوں کی چک پھریوں میں الجھے رہے مگر جب ان کا خط آیا کہ وہ بمبئی آرہے ہیں تو بھولا بسرا بچپن پھر سے جاگ اٹھا۔ بھیا جی ٹرین سے اترے تو ہم دونوں بچوں کی طرح لپٹ گئے۔ شبنم مجھے کہیں نظر نہ آئی۔ ان کا سامان اتر رہا تھا۔ جیسے ہی بھیا سے اس کی خیریت پوچھنے کو مڑی، دھپ سے ایک وزنی ہاتھ میری پیٹھ پر پڑا اور کئی من کا گرم گرم گوشت کا پہاڑ مجھ سے لپٹ گیا۔

"بھابی!" میں نے پلیٹ فارم سے نیچے گرنے سے بچنے کے لیے کھڑکی میں جھول کر کہا۔ زندگی میں، میں نے شبنم کو کبھی بھابی نہ کہا تھا۔ وہ لگتی بھی تو شبنم ہی تھی مگر آج میرے منہ سے بے اختیار بھابی نکل گیا۔ شبنم کی پھوار۔۔۔ ان چند سالوں میں گوشت اور پوست کا تو دا کیسے بن گئی؟ میں نے بھیا کی طرف دیکھا وہ ویسے ہی دراز قد اور چھریرے تھے۔ ایک تولہ گوشت نہ ادھر نہ ادھر وہی کم سن لڑکوں جیسے گھنے بال۔ بس دو چار سفید چاندی کے تار کنپٹیوں پر جھانکنے لگے تھے جن سے وہ اور بھی حسین اور باوقار معلوم ہونے لگے تھے۔ ویسے کے ویسے چٹان کی طرح جمے ہوئے تھے۔ لہریں تڑپ تڑپ کر چٹان کی اور لپکتی ہیں۔ اپنا سر اس کے قدموں میں دے مارتی ہیں۔۔۔ پاش پاش ہو کر بکھر جاتی ہیں، معدوم ہو جاتی ہیں۔ ہار تھک کر واپس لوٹ جاتی ہیں۔ کچھ وہیں اس کے قدموں میں دم توڑ دیتی ہیں اور نئی لہریں پھر سر فروشی کے ارادے سمیٹے چٹان کی طرف کھنچی چلی آتی ہیں۔

اور چٹان۔۔۔؟ ان سجدوں سے دور۔۔۔ طنز سے مسکراتا رہتا ہے۔ اٹل، لاپرواہ اور بے رحم۔ جب بھیا نے شبنم سے شادی کی تو سب ہی نے کہا تھا۔۔۔ شبنم آزاد لڑکی ہے، پکی عمر کی ہے۔۔۔ بھابی۔۔۔ تو یہ میں نے شہناز کو ہمیشہ بھابی ہی کہا۔ ہاں تو شہناز بھولی اور کم سن تھی۔۔۔ بھیا کے قابو میں آگئی۔ یہ ناگن انہیں ڈس کر بے سدھ کر دے گی۔ انہیں مزہ چکھائے گی۔

مگر مزہ تو لہروں کو صرف چٹان ہی چکھا سکتی ہے۔

"بچے۔۔۔ بورڈنگ میں چھٹی نہیں تھی۔ ان کی۔۔۔" شبنم نے کھٹی ڈکاروں بھری سانس میری گردن پر چھوڑ کر کہا۔

اور میں حیرت سے اس گوشت کے ڈھیر میں اس شبنم کی پھوار کو ڈھونڈ رہی تھی جس نے شہناز کے پیار کی آگ کو بجھا کر بھیا کے کلیجے میں نئی آگ بھڑکا دی تھی۔ مگر یہ کیا؟ بجائے اس آگ میں بھسم ہو جانے کے بھیا تو اور بھی سونے کی طرح تپ کر نکھر آئے تھے۔ آگ خود اپنی تپش میں بھسم ہو کر راکھ کا ڈھیر بن گئی تھی۔ بھابی تو مکھن کا ڈھیر تھی۔۔۔ مگر شبنم تو جھلسی ہوئی مٹیالی راکھ تھی۔۔۔ فرش پر پھیل گئی۔

ہال تالیوں سے گونج رہا تھا۔۔۔ شبنم کی آنکھیں بھیا جی کو ڈھونڈ رہی تھیں۔۔۔ بیر اترو تازہ رس بھری اور کریم کا جگ لے آیا۔ بے خیالی میں شبنم نے پیالہ رس بھریوں سے بھر لیا۔۔۔ اس کے ہاتھ لرز رہے تھے۔ آنکھیں چوٹ کھائی ہوئی ہرنیوں کی طرح پریشان چوکڑیاں بھر رہی تھیں۔

بھیڑ بھاڑ سے دور۔۔۔ نیم تاریک بالکنی میں بھیا کھڑے مصری رقاصہ کا سگریٹ سلگا رہے تھے۔ ان کی پر شوق نگاہیں رقاصہ کی نشیلی آنکھوں سے الجھ رہی تھیں۔ شبنم کا رنگ اڑا ہوا تھا اور وہ ایک بے ہنگم پہاڑ کی طرح گم سم بیٹھی تھی۔ شبنم کو اپنی طرف تکتا دیکھ کر بھیا ر قاصہ کا بازو تھامے اپنی میز کی طرف لوٹ آئے اور ہمارا تعارف کرایا۔

"میری بہن"، انہوں نے میری طرف اشارہ کیا۔ رقاصہ نے لچک کر میرے وجود کو مان لیا۔

"میری بیگم۔۔۔" انہوں نے ڈرامائی انداز میں کہا۔۔۔ جیسے کوئی میدان جنگ میں کھایا ہوا زخم کسی کو دکھا رہا ہو۔ رقاصہ دم بخود رہ گئی۔ جیسے اس نے اس کی رفیقہ

حیات کو نہیں خود ان کی لاش کو خون میں غلطاں دیکھ لیا ہو، وہ ہیبت زدہ ہو کر شبنم کو گھورنے لگی۔ پھر اس نے اپنے کلیجے کی ساری ممتا اپنی آنکھوں میں سمو کر بھیا کی طرف دیکھا، اس کی ایک نظر میں لاکھوں فسانے پوشیدہ تھے۔ "اف یہ ہندوستان جہاں جہالت سے کیسی کیسی ساری ہستیاں رسم ورواج پر قربان کی جاتی ہیں۔ قابلِ پرستش ہیں وہ لوگ اور قابلِ رحم بھی جو ایسی ایسی 'سزائیں' بھگتتے ہیں۔"

شبنم بھابی نے رقاصہ کی نگاہوں میں یہ سب کچھ پڑھ لیا۔ اس کے ہاتھ لرزنے لگے۔ پریشانی چھپانے کے لیے اس نے کریم کا جگ اٹھا کر رس بھریوں پر انڈیل دیا اور جٹ گئی۔

بیچارے بھیا جی! ہینڈسم اور مظلوم۔۔۔ سورج دیوتا کی طرح حسین اور رومشک شہد بھری آنکھوں والے بھیا جی چٹان کی طرح اٹل۔۔۔ ایک امر شہید کا روپ سجائے بیٹھے مسکرا رہے تھے۔

ایک لہر چور چور ان کے قدموں میں پڑی دم توڑ رہی تھی۔

دوسری نئ نویلی لچکتی ہوئی لہر ان کی پتھریلی باہوں میں سمانے کے لیے بے چین اور بے قرار تھی۔

***

مٹھی مالش

پولنگ بوتھ پر بڑی بھیڑ تھی، جیسے کسی فلم کا پریمئر ہو۔ یہ لمبا کیو لگا تھا۔ پانچ سال پہلے بھی اسی طرح ہم نے لمبے لمبے کیو لگائے تھے، جیسے ووٹ دینے نہیں سستا اناج لینے جا رہے ہوں۔ چہروں پر آس کی پرچھائیاں تھیں۔ کیو لمبا سہی، پر کبھی تو اپنی باری آئے گی۔ پھر کیا ہے۔ وارے نیارے سمجھو۔ اپنے بھروسے کے آدمی ہیں۔ قسمت کی باگ ڈور اپنوں کے ہاتھوں میں ہو گی۔ سارے دلدر دور ہو جائیں گے۔

"بائی دے بائی، اچھے تو ہو؟" میلی سی کاشٹہ باندھے ایک عورت نے پیلے پیلے دانت نکال کر میرا ہاتھ پکڑ لیا۔

"اوہو گنگا بائی۔۔۔"

"رتی بائی، او گنگا بائی دوسری تھی، مر گئی بے چاری۔"

"ارے۔۔۔رے بے چاری۔۔۔" زن سے میرا ذہن پانچ سال پیچھے قلابازی کھا گیا۔

"مالش کہ مٹھی؟" میں نے پوچھا۔

"مالش۔۔۔" رتی بائی نے آنکھ ماری، "سالی کو بہت منع بولا، پر نہیں سنا۔ تم

کس کو دینگا ووٹ بائی۔"

"تم کس کو دو گی؟" ہم نے ایک دوسرے سے رسماً پوچھا۔

"ہمارا جات والا کو، اپن کے گاؤں کا ہے۔"

"پانچ سال ہوئے تب بھی تم نے اپنی جات والا کو دیا تھا ووٹ۔"

"ہائی بائی، پن وہ سالا کنڈم نکلا، کچھ نہیں کیا۔" رتی بائی نے منہ بسور کر کہا۔

"اور یہ بھی تمہارا جات والا ہے۔"

"ہاں پن یہ ایک فرسٹ کلاس۔ ہاں۔ بائی دیکھنا اپن کا کھیت چھوٹ جائے گا۔"

"پھر تم گاؤں جا کر دھان کوٹا کرو گی۔"

"ہاں بائی۔" رتی بائی نے اپنی چندھی آنکھیں پٹ پٹائیں۔

پانچ سال ہوئے، ہسپتال میں جب میری منی پیدا ہوئی تو رتی بائی نے کہا تھا وہ اپنی جات والے کو ووٹ دینے جا رہی ہے۔ چوپاٹی پہ اس نے ان سے ہزاروں آدمیوں کی موجودگی میں وعدہ کیا تھا کہ اس کے ہاتھوں میں طاقت آتے ہی کایا پلٹ ہو جائے گی۔ دودھ کی نہریں بہنے لگیں گی۔ زندگی میں سے شہد ٹپکنے لگے گا۔ آج، پانچ سال بعد، رتی بائی کی ساڑی پہلے سے بوسیدہ تھی۔ بالوں پر سفیدی بڑھ گئی تھی۔ آنکھوں کی وحشت دوچند ہو گئی تھی۔ آج پھر چوپاٹی پر کیے ہوئے وعدوں کا سہارا لے کر وہ اپنا ووٹ دینے آئی تھی۔

"بائی تم اس چھنال سے کائیکو اتنا بات کرتا۔" رتی بائی نے بیڈ پین سرکاتے ہوئے اپنی نصیحتوں کا دفتر کھول دیا۔

"کیوں؟ کیا برائی ہے؟" میں نے بن کر پوچھا۔

"ہم تمہارے کو بولانا او چھوکری ایک دم کھراب ہے۔ سال پکی بدماس۔" رتی بائی کی ڈیوٹی لگنے سے پہلے گنگا بائی نے بھی اپنی ڈیوٹی کے درمیان مجھے یہی رائے دی تھی کہ رتی بائی ایک دم لوفر ہے۔ اسپتال کی یہ دونوں آیائیں ہر وقت کچر کچر لڑا کرتی تھیں۔ کبھی کبھی جھوٹم جھاٹا تک نوبت پہنچ جاتی تھی۔ مجھے ان سے باتیں کرنے میں مزا آتا تھا۔

"کیا وہ سالا سنکر بھائی تھوڑی ہے، اس کا یار ہے۔ سنگ سوتی ہے۔" گنگا بائی نے بتایا تھا۔ رتی بائی کا میاں شولاپور کے پاس ایک گاؤں میں رہتا ہے۔ تھوڑی سی زمین ہے۔ بس اسی سے چمٹا ہوا ہے۔ ساری فصل بیاج میں اٹھ جاتی ہے۔ تھوڑے سے روپے اور رہ گئے ہیں، جو چند سالوں میں چک جائیں گے۔ پھر وہ اپنے بال بچوں کے پاس چلی جائے گی اور وہاں مزے سے دھان کوٹا کرے گی۔ گھر میں مزے سے دھان کوٹنے کے خواب دونوں ایسے دیکھا کرتی تھیں جیسے کوئی پیرس کے خواب دیکھتا ہو۔

"مگر رتی بائی تم بمبئی میں پیسہ کمانے کیوں آگئیں؟ تمہارا میاں آجاتا تو ایک بات بھی تھی۔"

"ارے بائی وہ کیسے آتا؟ کھیت جو چلاتا۔ میرے سے کھیتی باڑی نہ سنبھلتی۔"

"اور بچوں کی دیکھ بھال کون کرتا ہے؟"

"ہے ایک رانڈ میری۔" رتی بائی نے دو چار گالیاں ٹکائیں۔

"دوسری شادی کرلی تمہارے میاں نے؟"

"اینہہ! سالا دوسری کیا کرے گا، رکھیلی ہے۔"

"اور جو تمہارے پیچھے مالکن بن بیٹھی تو؟"

"کیسے بنے گی؟ مار مار کر بھوسہ نہ بھر دیں گے! بیاج نمٹ جائے، پیچھے چلے جائیں گے ہم۔"

معلوم ہوا رتی بائی خود اپنی پسند کی ایک لاوارث عورت میاں اور بچوں کی خبر گیری پر چھوڑ آئی ہیں۔ جب کھیت چھوٹ جائے گا تو پھر گھر ہستن بن کر دھان کوٹنے چلی جائیں گی۔ رکھیلی کا کیا ہوگا؟ اسے کوئی دوسرا میاں مل جائے گا، جس کی بیوی بمبئ میں پیسہ کمانے آئی ہوئی ہے اور بال بچے دیکھنے والا کوئی نہیں۔

"اس عورت کا میاں نہیں؟" میں نے پوچھا۔

"ہے نہیں تو۔"

"تو وہ اس کے پاس نہیں رہتی؟"

"اس کے کھیت خرد برد ہو گئے۔ اس کا میاں کسان مزدور ہے مگر سال میں آٹھ مہینے چوری چکاری کرتا ہے یا بڑے شہروں کی طرف نکل جاتا ہے، بھیک مانگ کر دن بتا دیتا ہے۔"

"اور بچے؟"

"ہیں نہیں تو۔۔۔ چار بچے ہیں یا تھے۔ ایک تو بمبئ میں ہی کھیل رل گیا۔ کچھ پتا نہیں کہاں گیا؟ چھوکریاں بھاگ گئیں، چھوٹا بچہ ساتھ رہتا ہے۔"

"تم کتنا روپیہ گاؤں بھیجتی ہو رتی بائی؟"

"اکھا چالیس۔"

"تمہاری گذر کیسے ہوتی ہے پھر؟"

"ہمارا بھائی سنبھالتا ہے۔ وہی بھائی جس کے بارے میں گنگا بائی کہہ رہی تھیں کہ ان کا فرینڈ ہے۔"

"تمہارے بھائی کے بال بچے؟"

"ہیں نہیں تو۔"

"کہاں؟ گاؤں میں؟"

"ہاں پونا کے پاس ایک جگہ ہے۔ اس کا بڑا بھائی کھیتی سنبھالتا ہے۔"

"یعنی تمہارا بڑا بھائی۔" میں نے چڑانے کو پوچھا۔

"دھت۔ او ہمارا بھائی کائے کو ہوتا۔ کیا بائی تم ہمارے کو سالا چھنال سمجھتا ہے۔ ہم گنگا بائی سری کا نہیں ہے۔ معلوم مہینے میں چار دن سے جاستی کسی کے ساتھ نہیں پٹتی۔ بائی کوئی پھٹا پرانا کپڑا ہو تو اس بدماس کو مت دینا، میرے کو دینا ہاں!"

"رتی بائی۔"

"ہاں بائی۔"

"تمہارا بھائی، تم کو مارتا ہے؟"

"سالا گنگا بائی بولا ہوئیں گا۔ نہیں بائی جاستی نہیں مارتا۔ کبھی کبھی پیے لا ہوتا تو مارتا۔ سو بائی لاڈ بھی کرتا نا۔"

"لاڈ بھی کرتا ہے؟"

"کرتا نہیں تو۔"

"مگر رتی بائی تم اسے بھائی کیوں کہتی ہو کمبخت کو؟"

رتی بائی ہنسنے لگیں، "بائی ہمارے میں ایسا پنچ بولتے۔"

"مگر رتی بائی چالیس روپیہ پگار ملتی ہے تو پھر دھندا کاہے کو کرتی ہو؟"

"پن کیسے پورا پڑے۔ پانچ روپیہ کھولی کا بھاڑا کے تین روپیہ لالہ کا۔"

"یہ لالہ کو کاہے کو دیتی ہے۔"

"اکھا چالی کا عورت لوگ دیتا ہے، نہیں تو نکال دیوے۔"

"دھندا جو کرتی ہو اس لیے؟"

"ہاں بائی۔" رتی بائی کچھ جھینپ گئیں۔

"اور تمہارا بھائی کیا کرتا ہے؟"

"بائی بولنے کا بات نئیں، ہاں دارو کا دھندا بڑا کھوٹا دھندا ہے۔ جو پولیس کو پیسہ نہیں بھرے سو تڑی پار یعنی بمبئی سے شہر بدر۔"

"ہاں بائی۔"

"اتنے میں نرس نے آکر رتی بائی کو ڈانٹا، "کیا بیٹھی باتیں مٹھار رہی ہے۔ چل جا نمبر ۱۰ میں۔ بیڈ پین پڑا ہے۔" رتن بائی اپنے میلے دانت نکوستی بھاگیں۔

"آپ کیا ان لوفر عورتوں سے گھنٹوں باتیں کیا کرتی ہیں۔ آپ کو آرام کی ضرورت ہے ورنہ پھر بلیڈنگ شروع ہو جائے گی۔" نرس نے بچی کو پنگوڑے سے نکال لیا اور چلی گئی۔

شام کو گنگا بائی کی ڈیوٹی تھی۔ بغیر گھنٹی بجائے خود ہی آن دھمکیں۔

"بیڈ پین مانگتا بائی۔"

"نہیں گنگا بائی، بیٹھو۔"

"رانڈ شِشٹر بوم مارے گی۔ کیا بولتی تھی تمہارے کو؟"

"کون سسٹر؟ بولتی تھی آرام کرو۔"

"شِشٹر نہیں، آؤرتی بائی۔"

"کہتی تھی پوپٹ لال گنگا بائی کو خوب مارتا ہے۔" میں نے چھیڑا۔

"ارے او سالا ہمارے کو کیا مارے گا۔" گنگا بائی میرے پاؤں پر ہولے ہولے مکیاں مارنے لگیں۔

"بائی میرے کو جوتا چپل دینا کو بولا تھا، دیونا۔"

"لے جاؤ۔ مگر یہ تو بتاؤ، تمہارے میاں کی چٹھی آئی؟"

"آئی نہیں تو۔" گنگا بائی نے فوراً چپل پر ہاتھ مارا، "سالا شِشٹر نے دیکھ لیا تو بوم مارے گی۔ بوت کھٹ کھٹ کرتی ہے۔"

"گنگا بائی۔"

"ہاں بائی۔"

"تم اپنے گاؤں کب واپس جاؤ گی؟"

گنگا کی چمکیلی آنکھیں دور کھیتوں کی ہریالی میں کھو گئیں۔ اس نے ٹھنڈی سانس بھری اور بڑی دھیمی آواز میں بولی، "رام کرے اب کے فصل دھڑے کی ہو جاوے، بس بائی پھر اپن چلا جائے گا۔ گئے سال باڑ آگئی، سارا دھان کچرا ہو گیا۔"

"گنگا بائی تمہارے میاں کو تمہارے دوستوں کے بارے میں پتا ہے؟" میں نے کریدا۔

"کیا بات کرتا تم بائی۔۔۔" گنگا بائی گم سم ہو گئی۔ اسے کچھ جھینپ سی معلوم

ہو رہی تھی۔ انہوں نے فورا بات پلٹی، "بائی تمہارے کو دو چھوکری ہو گیا، سیٹھ گسہ کرے گا نا؟"

"کون سیٹھ؟" میں نے چکرا کر پوچھا۔

"تمہارا پتی، دوسری سادی بنا لے گا تو؟"

"وہ دوسرا شادی بنائے گا تو ہم بھی دوسرا شادی بنائے گا۔"

تمہارے لوگ میں ایسا ہوتا! اے بائی ہم سمجھا تم کوئی اونچا جات کا ہے۔"

مجھے ایسا معلوم ہوا گنگا بائی اونچا جات والا کا مذاق اڑا رہی ہیں۔ میں نے بہت سمجھانے کی کوشش کی کہ گنگا بائی سمجھ جائیں مگر ان کا خیال تھا کہ دوسری لڑکی کی پیدائش پر ضرور میری شامت آئے گی۔ اگر سیٹھ میری ٹھکائی نہ کرے تو سخت تھرڈ کلاس سیٹھ ہے۔

اسپتال میں پڑے رہنا قید تنہائی سے کچھ کم نہیں۔ دو گھنٹے شام کو ملنے جلنے والے آجاتے، باقی وقت گنگا بائی اور رتی بائی سے گپیں مارنے میں کٹ جاتا۔ اگر اسپتال میں یہ دونوں نہ ہوتیں تو شاید دم ٹوٹ جاتا۔ دونوں معمولی سی رشوت لے کر ایک دوسرے کے بارے میں الٹی سیدھی باتیں بتایا کرتیں۔ ایک دن میں نے رتی بائی سے پوچھا، "رتی بائی تم مل میں کام کرتی تھیں، کیوں چھوڑ دیا؟"

"ارے بائی سالا مل میں بڑا لفڑا تھا۔"

"کا ہے کا لفڑا؟

"اے بائی ایک تو کام ایک دم بھاری، یہ بھی چلتا، پر بائی دو مہینہ کے بعد چھٹی کر دیتے۔"

"کیوں؟"

"دوسرا بائی لوگ کو رکھتے۔"

"بھئی وہ کیوں؟"

"کارن یہ کہ اگر پکا چھ مہینہ ہو جائے تو فیکٹری لاجو لاگو ہو جاوے۔"

اوہو سمجھی۔ یعنی ہر دوسرے تیسرے مہینے نیا اسٹاف بدلتا رہتا ہے۔ اگر مستقل ہو جائے ایک کاریگر تو فیکٹری کے مطابق اسے بیماری کی چھٹی، زچگی کی چھٹی لینے کا حق مل جاتا ہے، اس لیے ہر دو مہینے کے بعد ادل بدل کر دی جاتی ہے۔ سال میں ایک مزدور کی مشکل سے چار مہینے آمدنی ہوتی ہے۔ باقی کے دن گاؤں واپس لوٹ جاتی ہیں۔ جن کی اتنی حیثیت نہیں، وہ دوسری ملوں کے چکر کاٹتی ہیں۔ بعض سڑی گلی بھاجی ترکاری کی ڈھیریاں لگا کر فٹ پاتھ پر بیٹھ جاتی ہیں۔ فٹ پاتھ پر اپنی اپنی جگہ کے لیے خوب گالی گلوچ ہوتی ہے۔

بغیر لائسنس کے بیچتی ہیں، اس لیے کچھ نکڑ کے سپاہی کو کھلانا پڑتا ہے۔ اس پر بھی کبھی کوئی ان جانا افسر آجاتا ہے۔ بھگدڑ مچ جاتی ہے۔ کچھ پکڑی جاتی ہیں اور واویلا کرتی ہیں۔ پولیس تھانہ لے جائی جاتی ہیں۔ مطلع صاف ہوتے ہی پھر چیتھڑا بچھا کر دکان سجا لیتی ہیں۔ کچھ اور بھی چالاک ہوتی ہیں۔ جھولی میں چار چھ نیبو، دو چار بھٹے پکڑے بازار میں ایسے گھومتی ہیں جیسے خود خریدار ہیں۔ مگر پاس سے گذرنے والے سے چپکے سے کہتی ہیں، 'لو بھیا بھٹا لیو، ایک ایک آنہ۔' اور بکری ہو جاتی ہے۔

ان سے ترکاری خریدنا گویا ہیضے کی پڑیاں خریدنا ہے۔ جو ذرا کم خوش نصیب

ہوتی ہیں وہ بھیک مانگنے لگتی ہیں۔ دوڑتے بھاگتے دھندا بھی کرتی جاتی ہیں۔ اپنی دانست میں سولہ سنگھار کیے منہ میں بیڑا دبائے یہ لوگ نیم تاریک ریلوے اسٹیشن کے آس پاس ٹہلا کرتی ہیں۔ گاہک آتا ہے، کچھ اشارے کنائے ہوتے ہیں۔ سودا پٹ جاتا ہے۔ یہ گاہک عموماً اتر پردیش کے گھر چھوڑ کر آئے ہوئے دودھ والے یا بے گھر بے در مزدور ہوتے ہیں، جن کی بیویاں گاؤں میں ہوتی ہیں یا ازلی کنوارے جن کا گھر بار بھی گندی گلیاں اور فٹ پاتھ ہیں۔

صبح گنگا بائی اور رتی بائی میں باقاعدہ برآمدے میں فری اسٹائل کشتی ٹھن گئی۔ رتی بائی نے گنگا بائی کا جوڑا کھسوٹ ڈالا اور اس کے جواب میں گنگا بائی نے رتی بائی کا منگل سوتر توڑ ڈالا۔ منگل سوتر۔۔۔ کالی پوتھ کا باریک سا کنٹھا۔۔۔ رتی بائی کے سہاگ کی نشانی۔ رتی بائی ایسے بھوں بھوں کر کے روئیں جیسے انہیں بیوہ کر دیا ہو۔ لڑائی کی بنیاد روئی کے ٹکڑے تھے جو مریضوں کے زخموں کی رطوبت پونچھ کر پھینکے جاتے ہیں، یا زچاؤں کے استعمال کی روئی۔ میونسپلٹی کا حکم ہے کہ یہ روئی احتیاط سے جلا دی جائے مگر معلوم ہوا رتی بائی اور گنگا بائی چپکے سے یہ روئی نکال کر دھو کر، پوٹلی باندھ کر لے جایا کرتی تھیں۔ چونکہ آج کل تعلقات کچھ زیادہ کشیدہ تھے، گنگا بائی نے ہیڈ سے شکایت کر دی۔ رتی بائی نے گالیاں دیں جو ہاتھا پائی میں تبدیل ہو گئیں۔ دونوں نکال دی جاتیں مگر ہاتھ پاؤں جوڑے تو ہیڈ نے بات دبا دی۔

رتی بائی ذرا عمر والی اور بھینس ہی تھیں۔ گنگا بائی نے ان کی خوب ٹھکائی کی۔ دوپہر کو سوجی ہوئی ناک لیے بیڈ پین رکھنے آئیں تو میں نے پوچھا، "رتی بائی اس گندی روئی کا کیا کرتی ہو؟"

"دھو کے سکھا لیتے ہیں۔ ایک دم صاف ہو جاتی ہے۔"

"پھر؟"

"پھر روئی والے کے ہاتھ بیچ دیتے ہیں۔"

"کون لیتا ہے یہ جراثیم بھری روئی؟"

"میٹرس والا، جو صاحب لوگ کا فرنیچر کا گدا بناتا ہے۔"

اف! میرے جسم پر سوئیاں کھڑی ہو گئیں۔ ایک دفعہ میں نے بیت کے صوفے کی روئی دھنکوانے کو نکلوائی تو کالی سیاہ۔ تو وہ یہی زخموں کی روئی تھی۔ اللہ! میری بچی کا گدا بھی ایسی روئی کا ہے۔ میری پھول سی بچی اور یہ جراثیم کے ڈھیر۔ ہائے گنگا بائی تمہیں خدا سمجھے!

آج چونکہ جوتا چلا تھا، رتی بائی بھری بیٹھی تھیں۔ گنگا بائی چونکہ ذرا نسبتاً جوان تھیں، رتی بائی انہیں اپنے سے زیادہ گناہگار سمجھتی تھیں۔ کچھ دن پہلے سے انہوں نے رتی بائی کا خاصا مستقل گاہک بھی توڑ لیا تھا۔ وہ تمام پیٹ جو گنگا بائی وقتاً فوقتاً ضائع کراتی رہی تھیں، نالے میں جو جیتا جاگتا بچہ چھوڑ آئی تھیں، جو آنول نال منہ پر ڈال دینے کے بعد بھی سسکتا رہا۔ صبح نالے کے پاس ایک خلقت جمع تھی۔ اگر رتی بائی چاہتی تو صاف پکڑا دیتی گنگا کو، مگر اس راز کو اپنے سینے میں چھپائے رکھا اور گنگا بائی کا دیدہ دیکھو، فٹ پاتھ پر بیٹھی کچے بیر اور امرود کی ڈھیریاں بیچتی رہی۔

"رتی بائی کوئی گڑبڑ سڑبڑ ہو جاتی ہے اس دوستی میں تو تم ہسپتال کیوں نہیں چلی جاتیں؟"

"کائے کو جاوے اسپتال؟ ہمارے میں بہت بائی لوگ ہے، ڈاکٹر کا مافک، ایک

دم فسٹ کلاس۔"

"دوائی دیتی ہیں کوئی؟"

"اور کیا، فسٹ کلاس دوائی دیتی، مٹھی بھی چلتی ہے پن مالش ایک دم اچھی۔"

"یہ مٹھی اور مالش، کیا بلا ہوتی ہے؟"

"بائی تم نہیں سمجھے گا۔" رتی بائی ذرا شرما کے ہنسنے لگیں۔

میرے ڈسٹنگ پاؤڈر کے ڈبے پر وہ کئی دن سے منڈلا رہی تھیں۔ جب میرے لگاتیں، ذرا سا ہتھیلی پر ڈال کر اپنے کلوں پر رگڑ لیتیں۔ میں نے سوچا ان کا منہ کھلوانے کے لیے یہ ڈبہ کافی ہو گا۔ میں نے ڈبہ پیش کیا تو بو کھلا گئیں۔

"نہیں بائی ششٹر مار ڈالے گی۔"

"نہیں مارے گی۔ میں اس سے کہہ دوں گی مجھے اس کی بو پسند نہیں۔"

"چہ۔ ارے کیا ایک دم فسٹ کلاس باس مارتا ہے۔ ارے بھائی تمہارا تو مستک پھریلا ہے۔"

بڑے اصرار کے بعد رتی بائی نے مجھے مالش اور مٹھی کی تفصیل بتائی۔ ابتدائی دنوں میں مالش کارگر ہوتی ہے۔ فسٹ کلاس ڈاکٹر کا مافک۔ "بائی" مریضہ کو زمین پر لٹا کر چھت سے لٹکتی ہوئی رسی یا کسی لاٹھی کے سہارے اس کے پیٹ پر کھڑی ہو کر خوب کھوندتی ہے۔ یہاں تک کہ آپریشن ہو جاتا ہے۔ یا اسے دیوار کے سہارے کھڑا کر کے بائی پہلے اپنے سر میں خوب کنگھی کر کے کس کے جوڑا باندھ لیتی ہے۔ پھر چلو کڑوا تیل سر پر ڈال کر مریضہ کے پیروں کو مینڈھے کی طرح ٹکراتی ہے۔ سخت جان محنت مزدوری کرنے والی بعض نوجوان عورتوں پر اس کا بھی کبھی

کبھی کچھ اثر نہیں ہوتا، تب مٹھی کی نوبت آتی ہے۔ بے دھلے گندے میل بھرے ناخنوں والے ہاتھ کو تیل میں ڈبو کر جسم میں سے دھڑکتی ہوئی جان کو توڑ کر نکال لیا جاتا ہے!

عموماً آپریشن پہلے وار میں کامیاب ہو جاتا ہے۔ بائی اناڑی ہو تو کبھی صرف ایک ہاتھ ٹوٹ کر آجاتا ہے، کبھی گردن آتی ہے، کبھی جسم کا وہ حصہ بھی گھسیٹا چلا آتا ہے جسے اندر ہی رہنا تھا۔

مالش سے بہت زیادہ موتیں نہیں ہوتیں۔ ہاں عموماً مریضہ مختلف امراض کا شکار ہو جاتی ہے۔ جسم جگہ بے جگہ سوج جاتا ہے۔ مستقل گھاؤ بن جاتے ہیں جو رستے رہتے ہیں۔ بخار رہنے لگتا ہے اور پھر اللہ کی دی ہوئی موت بھی آنے والے کو آہی جاتی ہے مٹھی سخت نازک موقعوں پر استعمال کی جاتی ہے۔۔۔ جان پر کھیل کر اور عموماً بائی لوگ جان پر کھیل جاتی ہیں۔ جو بچ رہتی ہیں، کچھ چلنے پھرنے کے قابل نہیں رہتیں، کچھ چند سال گھسٹ کر ختم ہو جاتی ہیں۔

اور رتی بائی نے کہا ہمیں سزا ہے ان بدقماش عورتوں کی۔ مرنا تو ہے چاہیے ان کو۔

مجھے بڑے زور سے قے ہوئی اور رتی بائی جو چٹخارے لے لے کر سنا رہی تھیں، بوکھلا کر بھاگیں۔ سنسان خاموش ہسپتال میں مجھے وحشت ہونے لگی۔ یا خدا انسان کو جنم دینے کی اتنی بھیانک سزا۔ میں نے غنودگی میں ڈوبتے ہوئے سوچا۔

خوف سے میرے حلق میں کانٹے پڑ گئے۔ رتی بائی کی کھینچی ہوئی تصویروں میں تخیل نے رنگ بھرا، پھر جان ڈال دی۔ کھڑکی کے پردے کا سایہ دیوار پر ہل رہا تھا۔

دیکھتے دیکھتے سایہ گنگا بائی کی مالش زدہ، خون میں نہائی ہوئی لاش کی طرح تڑپنے لگا۔ ایک بھیانک میلے ناخنوں والا آہنی شکنجہ دماغ میں مٹھی بن کر اتر گیا۔ ایک وار میں ننھی ننھی انگلیاں، ڈھلکی ہوئی گردن خون میں غلطاں و پیچاں۔ میرا دل و دماغ! میں نے چیخنا چاہا، کسی کو پکارنا چاہا مگر حلق سے آواز نہ نکلی۔ میں نے گھنٹی کا سوئچ دبانے کے لئے ہاتھ بڑھایا مگر جنبش نہ ہوئی۔

اسپتال کی خاموش فضا میں جیسے کسی مقتول کی چیخیں یکایک گونج اٹھیں۔ یہ چیخیں میرے کمرے سے آتی تھیں، جنہیں میں نے نہیں سنا۔ میں نے وہ بھی نہیں سنا جو میری زبان سے ان جانے میں نکل رہا تھا۔

"کوئی برا خواب دیکھا ہوگا۔" نرس نے مجھے مارفیا کا انجکشن دے دیا۔ میں نے بہت کہنا چاہا، "نرس مجھے مارفیا نہ دو۔ وہ دیکھو سامنے گنگا بائی کی مالش زدہ، خون میں نہائی لاش صلیب پر چڑھی تڑپ رہی ہے۔ اس کی چیخیں میرے دماغ میں پیچ کش کی طرح دھنستی چلی جا رہی ہیں۔ دور کہیں نالے میں دم توڑتے ہوئے بچے کی سسکیاں ہتھوڑے کی ضربوں کی طرح میرے دل پر پڑ رہی ہیں۔ میرے اعصاب پر مارفیا کا پردہ نہ ڈالو۔ رتی بائی کو پولنگ بوتھ جانا ہے۔ نئے منسٹر اس کی جات والے ہیں۔ اب بیاج چک جائے گا اور مزے سے دھان کوٹے گی۔ یہ نیند کی چادر میرے دماغ پر سے سرکا دو۔ مجھے جاگنے دو۔ گنگا بائی کے جیتے جیتے خون کے دھبے سفید چادر پر پھیلتے جا رہے ہیں۔ مجھے جاگنے دو۔"

میز کے سامنے بیٹھے ہوئے کلرک نما شخص نے میرے بائیں ہاتھ کی انگلی پر نیلی روشنائی کا ٹیکہ لگایا تو میں جاگ پڑی۔

"ہمارا جات والے کے ڈبے میں ڈالنا۔" رتی بائی نے مجھے ہدایت کی۔
رتی بائی کے جات والے کا ڈبہ۔۔۔ ایک لحیم شحیم مٹھی بن کر میرے دل و دماغ سے ٹکرایا اور میں نے اپنی پرچی اس ڈبے میں نہیں ڈالی۔

***

پہلی لڑکی

جب صبح ہی صبح جھکی ہوئی نظروں سے ماتھے پر ذرا سا آنچل کھینچ کر حلیمہ نے بیگم کو سلام کیا تو ان کی باچھیں کھل گئیں، خیر سے صاحبزادے کی طرف سے جو جان کو دھگدا لگا ہوا تھا۔ وہ تو دور ہوا۔ فوراً دریائے سخاوت میں ابال آ گیا چھ جوڑے جو اسی مبارک موقعے کے لیے تیار رکھے تھے۔ عنایت ہوئے۔ ہاتھوں میں نوگریاں، گلے میں ٹھسی اور طلائی ایران، جو صنوبر کی موت کے بعد چھوٹے میاں کی باندی کے لیے سینت لیے گئے تھے اپنے ہاتھ سے بیگم نے دے دیئے تیل، پھلیل، سرمہ، مسی اور اب تو نگوڑے پاؤڈر کا بھی فیشن چل گیا ہے۔ سب ہی کچھ مہیا کیا گیا صاحبزادے کو رنڈی میں بیگم کا مزہ ملنا چاہیے۔ باجرے کی روٹی بھی اگرچہ گھی سے کھائی جائے تو پراٹھوں کا لطف دیتی ہے۔

منہارن بی نے سرخ سبز چوڑیاں پہنائیں، غریب حلیمہ گھٹنوں میں سر دیئے بیٹھی رہی۔ منہارن بی کی گندی گندی دعاؤں پر پانی پانی ہوئی جا رہی تھی۔ مردان خانے سے ملحقہ چھوٹا سا گھر چھمن میاں اور ان کی باندی کے لیے جھاڑو پونچھ کر سنوارا گیا۔۔ باندی بھی عارضی بیوی ہوتی تھی۔ صاحبزادے کی خدمت گزاری سے جو وقت ملتا وہ سلائی کڑھائی اور گھر کی سجاوٹ میں صرف ہوتا۔ بھاری کام نہیں

لیے جاتے زیادہ سے زیادہ گلوریاں بنا دینا، پان دھونا، سپاری کتر دینا، اپنے کپڑوں کے علاوہ میاں کے کپڑے دھوبی کو دینا لینا، کاج بٹن کا خیال رکھنا، غسل کروانا اور ایسے ہی ہلکے پھلکے کام۔ تبھی تو باقی چھوکریاں نواب زادوں کی باندیوں کو بڑے رشک کی نگاہ سے دیکھا کرتیں، باسی سڑے کھانوں کے بجائے صاحبزادے کے ہاتھوں ترنوالے ملتے تھے۔ صاف ستھرا بستر، اپنے کام کے بعد مزے سے پیر پھیلائے سوئے اور چھمن پر تو سب لونڈیاں مرتیں تھیں۔ بالکل اللہ میاں کی گائے تھے کبھی کسی کو ننگی نظروں سے گھورا تک نہیں۔ سب ہی کو ارمان تھا کہ اللہ ان نے نصیب میں بھی چھمن سرکار جیسا نواب زادہ لکھا ہو۔ گویوں نے پکڑ کر اسے سچ مچ دلہن بنا ڈالا۔ مہندی لگائی، خوب مل مل کر نہلایا، نگوڑی رو پڑی۔ گندہ دھن چھوکریوں نے اس کی دھجیاں بکھیر دیں۔

چھمن میاں کی خوشی تو نجم بٹیا کے ہار پھول سے بھی بڑھ چڑھ کر ہوئی۔ زور دار رت جگا ہوا۔ نایاب بوبو مسجد میں طاق بھرنے گئیں۔ مقطع داڑھی دار مولوی نے میلاد مبارک پڑھا۔ رات کو شاندار دعوت ہوئی۔ گھر میں مراثنیں اور باہر قوال آئے۔ بڑے سرکار تو مجرے کی بھی ضد کر رہے تھے مگر ان کی منہ چڑھی رنڈی کسی شادی میں گئی ہوئی تھی۔ تو پھر شادی کے سر کیا سینگ ہوتے ہیں! سچ پوچھیئے تو کیا نہیں ہوا۔ جہیز بھی ملا۔ منہ دکھائی ہوئی۔ بس نکاح کے دو بول نہیں پڑھے گئے۔ ویسے چھمن میاں تو ہر سانس میں نکاح کے وعدے کرتے ہیں، مگر نایاب بوبو کا کہنا ہے۔

"ان نواب بچوں کے وعدے پانی کا بلبلہ ہوتے ہیں۔ ویسے بنو جو تیں کھانے کا

شوق ہو تو نکاح کرلو نکاح۔ ایک چھوڑ دس کرو، پر رہو گی باندی کی باندی۔۔۔ بیگم بننا تھا تو کسی نواب زادی کی کوکھ سے جنم لیا ہوتا۔"

شیر مال، شامی کباب اور بریانی کھا کر بیویاں گلوں میں گلوریاں دبا کر گاؤ تکیوں کے سہارے ہو بیٹھیں تو اللہ رکھے چھمن میاں اور خرمہ بٹیا کی شادی کا ذکر نکل آیا۔ حلیمہ، جو پاس بیٹھی گلوریاں لگا رہی تھی کتھے کی چمچی چونے میں اور چونے کی کتھے میں ڈالتی رہی۔ مریم باجی کی سالگرہ بھی اچانک ہو گئی۔ ویسے تو وہ جون میں پیدا ہوئی تھیں۔ لیکن نومبر کوئی بہت فاصلے پر نہ تھا۔ دراصل یہ دعوت انیس میاں کے کہنے پر ہوئی تھی۔ وہ مریم کے لیے ایک بہت لائق لڑکا ڈھونڈ کر لائے تھے، آج اسے ایک شاندار دعوت کے بہانے سے مریم سے ملایا جا رہا تھا۔

مریم سفید جھاگ سی ساڑھی میں واقعی کوئی مقدس روح لگ رہی تھی آج ان کی رنگت موم جیسی بے جان ہو رہی تھی۔ آنکھوں میں انجانی اداسیاں تھیں۔ فرید احمد اسے مسحور ہو کر تک رہے تھے۔ نہ جانے انیس نے مریم کے کان میں کیا کہہ دیا کہ آنسو ٹپ ٹپ گرنے لگے۔ وہ شادی کے لیے تیار نہیں تھیں۔ فرید احمد کو انیس گھیر کر لائے تھے۔

"مجھے شادی نہیں کرنا۔" مریم نے پہلے ہی کہہ دیا تھا۔

"اے لڑکی دیوانی ہوئی ہے تمہارے پاپا بہت اچھی سروس دلوا دیں گے۔ لڑکا غریب گھرانے کا ہے مگر سید ہے۔"

"وہ سید ہو یا شیخ، مجھے کسی سے شادی نہیں کرنا۔" وہ روتی ہوئی کمرے میں بھاگ گئی تھیں۔ حرمہ کی نگاہیں دروازے پر لگی تھیں۔ سب آ چکے تھے، صرف

منصور غائب تھے اور جب وہ میلی قمیص پہنے بالوں میں انگلیوں سے کنگھا پھیرتے بھری محفل میں آن دھمکے تو جی ہی جی میں اس کی سبکی ہو گئی۔

"اے لڑکے کہاں غائب تھا؟ ایسی کون سی نوکری ہے کہ دن ہے تو کام رات ہے تو کام۔ آج اتوار کو بھی کام تھا؟"

"اے ممانی بیگم نوکری نہ نوکری کی دم۔ بیگار ہے بیگار۔ تنخواہ نہیں ملتی۔" افضل میاں نے تشریح کی۔

"اوئی خدا کی مار اس نوکری پر شاید اپنی مستقل نہیں ہوئے؟"

"اکا بی تنخواہ کا تو ذکر ہی نہیں۔ مستقل ہو کر بھی نہیں ملتی۔"

"اے لوگو یہ کیسا اندھیرا ہے لڑکا دن رات کام میں جٹا ہوئے ہے اور کوڑی نہیں ملتی۔ اے بھیا کیا اللہ واسطے کا کام ہے؟"

"اللہ واسطے کا کیوں شیطان واسطے کا کہو۔ یہ جو آئے دن شہر میں لاٹھی گولی چلتی ہے یہ ان ہی کی عنایت کا نتیجہ ہے۔" حیدر چچا نے قہقہہ لگایا۔

"اے تو یوں کہو پولیس میں ہے۔ پر بھیا پولیس میں تو بڑی آمدنی ہے۔" ایک چندھی سی نانی اماں بولیں۔

"اے اکا بی تم ٹھہریں سدا کی کوڑھ مغز، تمہارے پلے نہیں پڑے گی یہ بات۔"

"کاہے تو سر کھپا رہی ہو؟ مزے سے چھالیا کاٹو چھالیا۔"

"اکا بی یوں سمجھو کہ پولیس کی لاٹھیوں کے لیے کھوپڑیوں کی ضرورت ہوتی ہے۔ بس یہ لوگ کھوپڑیاں تھوک میں سپلائی کرتے ہیں۔" حیدر چچا بولے۔

"اے ہے لڑکے یہ کیا سڑپٹا ہے۔ ڈھنگ کی کوئی نوکری کیوں نہیں ڈھونڈتا؟"

اکابی بولے چلی گئی۔

"آپ نوکر رکھ لیجئے اکابی۔" منصور نے اس کے پاس گھس کر کہا۔

"اے چل دیوانے۔"

"سچ اکابی۔ آپ کا پاندان مانجھا کروں گا، وضو کا لوٹا بھرا کروں گا اور۔۔۔ پان کٹی میں پان کوٹ کر کھلایا کروں گا۔"

"کیا مطلب؟ کتنی نوکریاں تم اکیلے کروگے؟"

"نہیں صاحب میں اکیلا نہیں کروں گا۔ یہی کوئی دو ڈیڑھ لاکھ نوکریاں دلوا دیجئے۔ فی الحال کافی رہوں گا۔"

"آپ مذاق فرما رہے ہیں؟" حیدر چچا نے طنز کیا۔

"نوکری تمہیں چاہیے یا پورے شہر کو؟" مختار صاحب بولے۔

"جی عرض تو کیا کہ دو ڈیڑھ لاکھ بیکار ہیں شہر میں۔"

"اماں گھاس کھا گئے ہو۔ کیا کسی نے ساری دنیا کا ٹھیکہ لیا ہے۔" افضل میاں چڑ گئے۔

"اوہ، تو آپ کا مطلب ہے صرف مجھے نوکری دلوائیں گے؟"

"اور نہیں تو بقول افضل میاں ٹھیکہ نہیں لیا۔" حیدر چچا بولے۔

"تو آپ نے میرا ٹھیکہ لیا ہے؟"

"ایں؟" چچا سٹپٹائے۔

"یعنی کیا مطلب؟"

"بھئی، وہ ہم نے سنا ہے کہ تم۔۔۔ یعنی کہ تم اور۔۔۔ ہمارا مطلب ہے حرمہ اور لاحول ولا قوۃ۔ اماں

افضل میاں تم ہی تو کہہ رہے تھے کہ"

"آپ کو مریم بی بلاتی ہیں" اس نازک موقعے پر بیرے نے آکر عزت رکھ لی اور منصور "معاف کیجئے گا" کہہ کر باہر آگیا۔

"منصور میاں ہر بات مذاق میں اڑا دیتے ہیں، آخر نوکری سے کیوں انکار ہے؟"

"انکار تو نہیں" منظور خود کو نوابوں کے نرغے میں دیکھ کر سٹپٹا گیا۔

"مل جائے تو کروگے؟" حیدر چچا بولے۔

"آ۔۔۔ آ۔۔۔ جی ہاں"

"بھئی نوکری حماقت ہے، پیسہ بنانا ہو تو بزنس کرو"

"خاص طور پر آپ کی بزنس۔" رشید نے دبی زبان سے کہا۔

"یار رہنے دو جھاڑ کا کانٹا بن کر لپٹ جائیں گے۔" منظور نے کہنی ماری۔ پھر حیدر چچا سے کہا، "جی آپ بالکل درست فرماتے ہیں۔"

"اور تم چاہو تو انگلینڈ کی نیشنلٹی دلوا سکتے ہیں تمہیں"

"چچا آپ کیوں انگلینڈ جا کر نہیں رہتے؟" رشید نے پوچھا۔

"یہ تمہاری چچی اماں ہائے توبہ مچانے لگتی ہیں"

"اے ہے کون اتنی دور جا کے مٹی پلید کرائے۔ مرو تو فرنگیوں کے ہاتھوں

عاقبت خراب ہو۔" چچی نے تشریح کی۔

"بیگم اس کی تم چنتا نہ کرو، ہم انشاء اللہ پلین چارٹر کرا کے تمہاری میت لے آئیں گے"

"خدا نہ کرے، مریں اس کے دشمن۔ توبہ!" اکابی بگڑنے لگیں۔

"اماں بزنس۔۔۔ ڈیم بورنگ۔۔۔ بنیا پن۔" منجھلے ماموں اپنی نویلی انگریز بیگم کے ساتھ آتے ہی میدان میں کود پڑے۔ پچھلے سیزن میں شملہ گئے تو ہتھے چڑھ گئیں، یہ کہیے یہ ان کے ہتھے چڑھ گئے۔ وہ انکے عزیز ترین دوست مسٹر رب کی بیوی تھیں۔ گرمیوں میں انہیں تو توڑ کرنا تھے۔ بیگم کو شملے بھیج دیا۔ وہ منجھلے ماموں یعنی لیفٹیننٹ مختار کے ہاں ٹھہریں۔ دل ہی تو تھا۔ آگیا، منجھلی ممانی کو طلاق دینی پڑی اور ایڈنا رب فی الحال تو ایڈنا مختار ہیں۔

"مرد آدمی کے لیے تو بس ایک ہی جوب ہے۔ ملٹری۔" منجھلے ماموں نے منصور کی پیٹھ پر ایک دھپ مارا۔

"یار میں چلا۔" منصور نے چپکے سے رشید سے کہا۔

"میاں وہ باڈی نکلے گی چند سال میں کہ کیا بتائیے۔ کیا سال آم توڑنے کی لگھی بنے ہوئے ہو۔" انہوں نے اس بھونڈے پن سے منصور کے لمبے قد کا مذاق اڑایا کہ حرمہ بٹیا جل کر رہ گئیں۔ بات آگے بڑھتی مگر اشرف مختار کو اسی وقت اس کمرے میں لے جانے کے لیے آگئے جہاں پینے پلانے کا سلسلہ چل رہا تھا۔ رشید اور منصور بھی کیوں چوکتے۔ وہاں بھی بحث چلتی رہی۔ دو تین پیک کے بعد منصور نے کہا۔

"اچھا صاحب میں نوکری کے لیے تیار ہوں، فرمائیے کتنے لوگوں کو آپ

"نوکریاں دلواتے ہیں"
"شرم نہیں آتی!" حرمہ نے آستین پکڑ کر برآمدے میں کھینچ لیا۔
"مگر مریم باجی"
"نہیں۔ میں نے بلایا تھا"
"کیوں؟"
"ذرا قمیص دیکھئے کیا روشنائی سے بیل بوٹے چھاپے ہیں"
"صبح ہی تو پہنی تھی۔ پن لیک کرنے لگا"
"اور کل اسے رشید بھائی جان پہن چکے تھے۔ اتنے لوگ جمع ہیں آپ کو اچھا لگتا ہے کہ لوگ مذاق اڑائیں کسی کا۔ رشید کی گودڑ الماری میں سے اس نے ایک قمیص نکال کر دی۔
"جلدی سے بدل کر آ جائیے"
"جو حکم محترمہ کا۔" منصور بڑے اچھے موڈ میں تھا۔
اوپر اپنے کمرے میں مریم سسکیوں سے رو رہی تھی انیس ان کی انگلیاں چوم کر سمجھا رہے تھے، "ڈارلنگ بے بی، دنیا داری تو نباہنا ہی پڑے گی ویسے کوئی فرق نہیں پڑے گا۔ تم میری ہو اور میری رہو گی"
"مجھے ڈر لگتا ہے انیس"
"اس میں ڈرنے کی کیا بات ہے ہنی"
"اسے پتا چل گیا تو؟" اس نے گھٹی ہوئی آواز میں کہا۔
"بڑا گاؤدی سا ہے، اسے کیا پتا چلے گا؟ دیکھا نہیں تم نے کس بری طرح گھور رہا

تھا تمھیں؟"

"گدھا کہیں کا!" مریم غصے سے کانپ اٹھی۔

"ارے نہیں، غریب گھر کا لڑکا ہے بے چارا، اس نے تم جیسی قتالہ عالم لڑکیاں کہاں دیکھی ہوں گی۔ تمہارے پیر دھو دھو کر پیئے گا"

"میں زہر کھالوں گی۔ مجھ سے برداشت نہ ہو گا"

"میری جان کیوں رائی کا پہاڑ بنائے دیتی ہو"

"میں رنڈی نہیں ہوں، آج اسکی کل دوسرے کی"

"ہائے سویٹ بے بی، حالات تم جانتی ہو، ورنہ ذرا سوچو میرے دل پر کیا گزر رہی ہے! مصلحت اسی میں ہے"

"تو آپ طلاق کیوں نہیں لے لیتے! کیا فائدہ ڈھونگ رچانے سے؟" مریم جل گئی۔

"کاش طلاق لے سکتا۔ ہماری سول میرج ہوئی تھی، دوسرے میرے اوپر اتنا قرض ہو گیا ہے کہ بیان نہیں کر سکتا۔ یہ قرضہ کسی طرح چک جائے پھر میں کوئی نوکری تلاش کروں گا پھر تم کھلے بندوں میری ہو جاؤ گی۔ دوسری صورت کے لیے بھی تم تیار نہیں ہوئیں۔ ڈاکٹر میرا دوست ہے مگر اب تو بہت دیر ہو گئی میری جان"

"آپ مجھ سے بور ہو چکے ہیں پیچھا چھڑانا چاہتے ہیں۔" مریم رونے لگیں۔

"یہ تمہارا وہم ہے بے بی"

"تو پھر وہ لڑکی جس کے ساتھ آپ گھومتے پھرتے ہیں!"

"اوہ تم تو حد کرتی ہو بھئی بزنس کے سلسلے میں"

"میں خوب جانتی ہوں آپ کی بزنس"

"دیکھو ڈارلنگ مجھے سمجھنے کی کوشش کرو۔ تم تو ہماری بیگم سے بھی چار ہاتھ آگے نکل گئیں۔ اس نے تو میرے اوپر کبھی پہرے نہیں بٹھائے"

"وہ خود جو ہر جائی ہیں، آپ کو کس منہ سے منع کر سکتی ہیں"

"میں بھی تو تمہیں منع نہیں کرتا، جانی مجھ سے زیادہ براڈ مائنڈڈ انسان تمہیں کہیں نہیں ملے گا"

"ہاں، آپ میرے دولہا ڈھونڈ کر لائے ہیں۔"

"مگر بے بی ہنی کوئی فرق نہیں پاؤ گی تم۔ آئی ایم رئیلی میڈ اباوٹ یو۔ اچھا اب من بھی جاؤ"

انیس نے اتنا گدگدایا کہ وہ ہنس پڑی۔

آج الٹی گنگا بہہ رہی تھی۔ مئے ارغوانی اپنا رنگ دکھا رہی تھی۔ بجائے حرمہ کے آج منصور کی نظریں اس کا پیچھا کر رہی تھیں۔ ان نگاہوں میں اسے اپنی فتح کا عکس نظر آرہا تھا۔ آج اس نے نہایت چست قمیص اور تنگ موری شلوار پہنی تھی۔ فاختہ کے پروں جیسا شفان کا دوپٹہ نام چار کو کندھوں پر پڑا تھا۔ ساڑھے تین پانچ سینڈل پہن کر وہ منصور کے کان کی لو تک پہنچ رہی تھی۔ اس نے کئی بار انجان بن کر منصور سے اپنے کو ناپا۔ کس قدر موزوں جوڑی تھی۔

چیدر چچا منصور کے پاس بیٹھے بڑے زور شور سے کوئی بالکل بے تکی بحث کر رہے تھے۔ جب ان پر چڑھنے لگتی تھی وہ ہر بات کی کاٹ کرنے لگتے تھے، حتیٰ کہ خود اپنی کاٹ شروع کر دیتے تھے۔ کبھی ایک دم کمیونسٹوں کے خلاف محاذ بنا لیتے

اور منصور یا رشید کو گھیر کر الجھنے لگتے، کیونکہ وہ سمجھتے تھے کہ دنیا بھر کے کمیونسٹوں کی بے عنوانیوں کے یہی جواب دہ ہیں۔ اسوقت ان کے لہجے میں ہائیڈروجن بم گرجنے لگتے۔ کبھی ایک دم پلٹا کھا جاتے اور خود کمیونسٹوں سے بھی زبردست کمیونسٹ بن جاتے کیونکہ کسی زمانے میں وہ بال بال سرخ ہوتے بچے تھے۔

"ارے ماں تم لوگوں سے بہتر کمیونزم تو ہمارے دفتر میں موجود ہے۔ پچھلے مہینے ہمارے چپراسی کی لڑکی کی شادی تھی۔ ہاتھ جوڑ کر کھڑا ہو گیا کہ سرکار صرف دو منٹ کے لیے آجایئے۔ میری لاج رہ جائے گی۔ بس جناب ہمار بیگم کا دل موم کا تو ہے ہی پگھل گیا۔ فوراً ساڑھی لے کر پہنچی۔ حالانکہ تحفے صرف برابر والوں کو دیئے جاتے ہیں۔ مگر میں نے کہا، کیا چپراسی انسان نہیں؟ اور پھر مسلمان بھی ہے۔ کیا پنچ لوگوں کے دل نہیں ہوتا؟ بیگم تم ضرور تحفہ دو، خیر صاحب گئیں بیگم اور دیا تحفہ"

منصور اور رشید سمجھ گئے کہ ضرور یہ وہی ساڑھی ہوگی جس کے بارے میں مریم اور حرمہ کہہ رہی تھیں پرانے گوٹے والے نے دس روپے لگائے تھے۔ چچی بیگم یوں ٹھاٹ سے نئے ڈبے میں سجا کر لے گئیں کہ براتی دنگ رہ گئے۔

منصور، چچا سے باتیں کرنے میں منہمک تھا مگر اس کے ہاتھ ان کے پیچھے سے گزر کر ان کے دوسرے بازو پر بیٹھی ہوئی حرمہ کے ریشمی بالوں میں بھٹک رہا تھا۔

"چاند خان چپراسی خوشی کے مارے پاگل ہو گیا۔ میرے پیر پکڑ لیے غریب نے، بتایئے صاحبزادے اسلام میں کمیونزم میں کیا فرق ہے؟ اللہ پاک فرماتا ہے اپنے غلاموں کے ساتھ اچھا سلوک کرو۔" چچا ہانک رہے تھے۔

"جی بجا فرماتے ہیں آپ۔" منصور سوچے سمجھے جواب دے رہا تھا۔ اس کی

روح اس وقت اس ہاتھ میں کھنچ آئی تھی جو حرمہ کے بالوں سے پھسل کر گردن پر لرز رہا تھا وہ دل ہی دل میں کہہ رہا تھا قبلہ میں قطعی آپ کے ہاتھ پر بیعت کرنے کو تیار ہوں مگر خدارا ایسے گردن موڑیئے کہ حرمہ ڈر کر دور ہو جائے۔

"اللہ پاک فرماتا ہے جو دنیا میں میرے نام پر ایک درم دے گا اسے عقبیٰ میں ستر ہزار درہم ملیں گے۔"

"سودا برا نہیں۔" منصور نے بڑی فرمانبرداری سے کہا۔ حرمہ نے اس کی انگلی میں باریک سی چٹکی لی اور وہ اچھل پڑا۔ چچا چوکنے ہو گئے۔ حرمہ چھپ سے اٹھ کر بھاگی انہوں نے گردن موڑی تو منصور بھی غائب تھا، بے چارے حیران رہ گئے۔ انہیں شبہ بھی نہ تھا کہ یہ دونوں انہیں ٹٹی بنائے پیٹھ پیچھے چوہے پکڑ رہے تھے۔

کسی نے دونوں کو پائیں باغ کی طرف جاتے نہ دیکھا۔ سوائے فرخندہ بانو کے، ان کی آنکھیں بھیگ گئیں اور دل نے ٹھیس محسوس کی یا ایک جھلک چھمن میاں نے دیکھی جو دیر سے آنے کی معذرت کر رہے تھے۔ اگر چھمن کبھی چوری چوری اس کی طرف دیکھتے بھی تو یوں جیسا چوہا بلی کو دیکھتا ہے۔ حرمہ ان سے چڑی ہوئی بھی تھی مگر آج تو وہ بڑے بانکے ترچھے لگ رہے تھے۔ جسم پر بوٹی بھی آ گئی تھی۔ بال بھی برل کریم لگا کر سنوارے گئے تھے۔ ضرور حلیمہ نے بنا سنوار کر سسرال بھیجا ہو گا!

سارے خاندان کو معلوم تھا کہ حلیمہ چھمن پر دو آتشہ بن کر چھا گئی ہے۔ چھمن کی دلہن کو بڑے تیر و تفنگ استعمال کرنے پڑیں گے۔ انہیں تو دنیا میں سوائے حلیمہ کے دوسرا نظر ہی نہیں آتا۔ کیا وحشت ہے! کیا سرور ہے! پانی کا سا لطف کہ روز پینے کے بعد بھی ہمیشہ کے لیے پیاس نہ بجھتی۔

چھمن نے آج بے باکی سے حرمہ کی طرف دیکھا تھا۔ ان کی نظروں میں منگیتر کی حیثیت سے کوئی پیغام نہ تھا۔ برادرانہ دلچسپی کا اظہار ضرور کیا۔ حرمہ نے مسکرا کر انہیں ہاتھ اٹھا کر سلام کیا اور باغ کی طرف بھاگ گئی۔

اس کا چہرہ تمتمار ہا تھا، وہ سیدھی غسل خانے میں جا کر منہ پر سرد پانی کے چھپکے مارنے لگی۔ جب دل کی دھڑکن ذرا قابو میں آئی بال ٹھیک کرنے کے لیے وہ مریم کے کمرے میں چلی گئی۔ بجلی جلائی تو دھک سے رہ گئی۔

مریم کی نازک پلنگڑی پر سفید جھاگ جیسی آب رواں کی ساڑھی موجیں مار رہی تھی جس کے اتار چڑھاؤ میں پتلون زدہ ٹانگیں غوطہ زن تھیں۔ وہ گرتی پڑتی الٹے پیروں بھاگی دو دو سیڑھیاں ایک ساتھ پھلانگتی وہ تیزی سے زینے پر سے اترنی لگی۔ آخری سیڑھی پر اس کا پیر دوپٹے میں الجھا اور وہ اوندھے منہ منصور کے پھیلے ہوئے بازوؤں میں گری۔

حرمہ کو بدحواس دیکھ کر منصور بھی پریشان ہو گیا۔

"کیا ہوا؟" اس نے اسے سنبھال کر پوچھا۔ حرمہ ایک دم سسک کر رو پڑی اور اپنا منہ اس کے سینے میں چھپا لیا۔ اس قربت نے آگ پر تیل کا کام کر دیا مولسری کے تناور درخت کے نیچے دونوں پگھل کر بہہ گئے۔

"اف! یہ لڑکیوں کی قمیض کہاں سے کھلتی ہے؟ ہزاروں بٹن لاکھوں ہک!"

ڈرائنگ روم میں نوجوان لڑکے لڑکیاں میوزیکل چیئر کھیل رہے تھے۔ ان کے قہقہے اور تالیوں کی آواز دور کسی دنیا سے آ رہی تھی۔ کائنات سنسان تھی۔ سوائے دو دلوں کی دھڑکن کے۔

منصور نے دھند لکے میں حرم کے نیم پیاسے ہونٹ اور چاہت سے سلگتی ہوئی آنکھیں دیکھیں۔ اسے کے کاغذ جیسے سفید گالوں پر موتی اب تک چمک رہے تھے۔ ابلی چاندنی جیسا کنوارا سینہ کنول کے پھولوں کی طرح کانپ رہا تھا۔ ٹھنڈی زمین پر دھکتی ہوئی حرمہ اور چار بڑے پیگ کا نشہ!

آنکھیں۔۔۔ معصوم بھو کی آنکھیں انجانی خواہشات سے چھلکتی آنکھیں حرمہ کی آنکھیں۔۔۔ منصور کی آنکھیں! اس کی محبوبہ کی آنکھیں! پیارے دوست کی آنکھیں۔

جیسے زور سے کسی نے اسے دھکیل دیا۔ وہ بچوں کی طرح سہم گیا اور کہنیوں میں منہ چھپالیا۔ وہ شیر جو دو پل پہلے زور و شور سے گرج رہا تھا دبک کر غار میں واپس لوٹ گیا۔ ڈرتے ڈرتے حرمہ نے اس کا ہاتھ چھوا۔ اس کے گالوں پر لمبے لمبے آنسو بہہ رہے تھے۔ سینے میں سسکیاں ابل رہی تھی۔

دیر تک دونوں خاموش سر جھکائے بیٹھے رہے۔ جب سانسیں ٹھہر گئیں حواس واپس آئے تو منصور نے اس کے دونوں سرد ہاتھ اپنی جلتی ہوئی آنکھوں پر رکھ لیے۔

اس حرکت میں وحشیانہ خواہش تھی، نرم و نازک پیار تھا۔

جب دونوں شور و غوغا کی طرف واپس لوٹے تو ایسا معلوم ہوا ساتھ ساتھ کوئی خواب دیکھ کر آئے ہیں۔ عمداً ایک دوسرے سے دور دور، دو نازک بلبلوں کی طرح الگ الگ کہ کہیں ٹکرا کر پھوٹ نہ جائیں۔ مریم سے آنکھ ملانے کی حرمہ کو ہمت نہیں ہو رہی تھی۔ انیس سے اسے گھن آرہی تھی۔ مگر اسے یہ دیکھ کر تعجب ہوا کہ

مریم فرید سے بڑے شرارت بھرے اندازے میں میٹھی میٹھی باتیں کر رہی تھیں۔ انیس دونوں کی باگیں تھامے ہانک رہے تھے۔

چھمن معافی مانگ کر جا چکے تھے اور ان کی پیاری امی اور نایاب بوبو بڑبڑا رہی تھیں، "اے میں قربان! کیوں فکر کرتی ہیں؟ چار دن کی چاندنی اور پھر اندھیری رات! الٹیاں لگیں کہ موئی صاحبزادے کے جی سے اتری" اور حرمہ سوچ رہی تھی کہ اگر اس گدھے نے حلیمہ کو چھوڑ دیا تو وہ اس کے منہ پر تھوک دے گی۔

***

کچھ مزید یادگار اور دلچسپ افسانے

بدن کی خوشبو

مصنفہ : عصمت چغتائی

بین الاقوامی ایڈیشن جلد منظر عام پر آرہا ہے

AF100224

www.ingramcontent.com/pod-product-compliance
Lightning Source LLC
LaVergne TN
LVHW020452070526
838199LV00063B/4922
9789369083329